竹馬成雙

4

AUTHOR | 愛看天　　ILLUST | EnLin

竹馬成雙

AUTHOR 愛看天
ILLUST EnLin

Contents

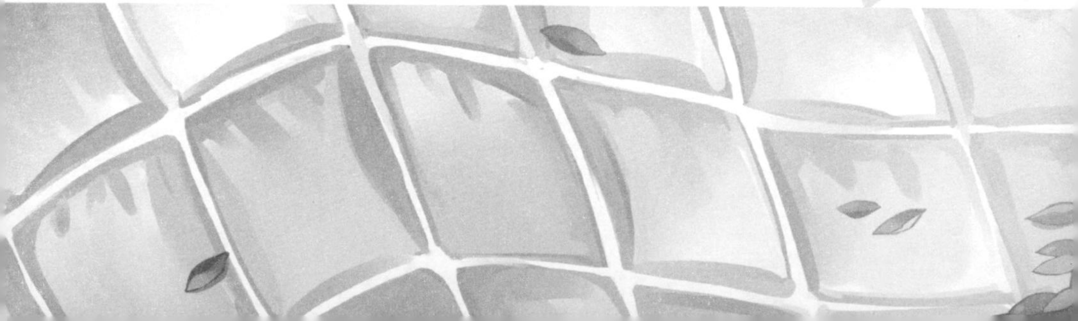

第一章　你要什麼口味的？

因為兩人是提早過來A市，除了休息，並沒有什麼需要特別做的事情，所以白斌如願實現了不起床的小心願。丁浩更不用說，大半夜被折磨到睡不著，現在抱著枕頭睡得很香甜。

白斌側著身體觀察他，丁浩一直不肯把頭髮剪得特別短，現在看起來更顯孩子氣。十幾歲正是朝氣蓬勃的時候，光是看著就覺得心被填滿了。白斌連人帶被子一起抱住丁浩，閉上眼睛，又陪丁浩睡了一會兒。

清晨的陽光隔著窗簾透了進來，白斌覺得有一種，踏實的幸福感。

丁浩一直睡到中午，肚子都餓得咕嚕叫了還是不肯起來，只在睡夢裡咂嘴。

白斌已經起來梳洗好了，看到他口水都流到了枕頭上，忍不住笑了。

「浩浩，起床了，一起去吃飯？」

丁浩有點醒了，眼皮努力了兩下，還是沒睜開，只發出唔的一聲。

白斌覺得很有趣，揉著他的腦袋，又換了其他的說法。

「想吃什麼，烤蝦？牛排？還是小吃什麼的？湯包、蒸餃好不好？」

丁浩終於睜開眼了。

「不要蒸餃，我想喝粥。」

揉了揉眼睛，自己坐起來後哎喲了一聲，白斌體貼地送上了一顆枕頭。

丁浩有點鬱悶，「能不能叫外賣？」

白斌揉了揉他的腰，「還很痛？」

丁浩看到他的手有往下的趨勢，立刻抓住他，說話都有點結巴，「你、你上的藥，你會不知道嗎！」這絕對不是害羞，這是氣憤的質問。

丁浩想起昨天晚上的第二次就有點鬱悶。

被抬起雙腿的姿勢太生疏，他的腰被撞得很嚴重，估計青紫了一塊。白斌也有看到，昨天只是匆匆清洗過，早上起來幫丁浩上藥的時候才看到腰背上的那一片青紫，心疼了半天。

白斌把他抱起來，在他頭頂親了一下，「下次不會這樣了。」看到小孩氣鼓鼓的臉後，捏了捏，「我去買東西，想喝什麼粥？」

「皮蛋瘦肉粥，還有酒釀湯圓。」

白斌答應了，起身出門。他正好需要熟悉一下周圍的環境，出去晃晃也不錯。

丁浩看著床上寬大鬆軟的枕頭，一看就很舒服的樣子，立刻又躺倒了。

他是「傷患」，睡眠是最好的藥啊！丁浩沒有任何抗拒地又睡著了。

門外的走廊上有一陣嘈雜的聲音，似乎是有人忘了帶鑰匙，在請人開鎖。不過開鎖的人員顯然不怎麼專業，剛開始的鑰匙轉動聲還算正常，之後就變成了用鐵鉗子撬著什麼的尖銳聲響。

丁浩被吵醒了。他現在也不怎麼睏，乾脆起來去沖了個澡。

一身清爽地擦著頭髮，準備去客廳收拾東西的時候，他家門外也響起了粗魯的尖銳聲。

丁浩心裡嚇了一跳，不會在大中午遇到了小偷吧？

這邊是老式的雙層門，有一扇木板門，外面還有一扇有紗窗的鋼板防盜門。丁浩隔著木板門上的貓眼往外看了一眼，外面站著三個人，一個老頭正拿著尖嘴的鐵鉗子努力著，可能是一連撬了好幾家，老頭的額頭都冒汗了，「不行，這家的防盜門比那幾家結實……」

旁邊的小夥子立刻接手，「我試試！」

他個子很高，門鎖又格外小巧，彎下腰全神貫注地弄幾次都沒成功，正準備暴力進入，門就自己開了——

丁浩很小心，只開了裡面的木板門，隔著防盜門問：「我說，你們在幹嘛？」

那個小夥子也沒料到這一戶有人，看到丁浩，嘴巴都張大了，結結巴巴地反問一句：「你是……這一戶的？」

丁浩笑了。

隔著防盜門，他也不怕這三個笨賊，乾脆倚在木板門上跟他聊起來。

「是啊，我是這一戶的，你們是哪個單位的？開鎖的技術不怎麼樣呢，我都被你們吵醒了。」

那個小夥子一下子就臉紅了，手裡還抓著鐵鉗子，抓了抓頭髮後誠懇地跟丁浩道歉。

「不好意思啊，我也是第一次，下次一定會小聲一點……」

站在旁邊的老頭急了，一把推開那個笨小子，隔著防盜門跟丁浩解釋：「先生，我們可是正派的人！」老頭看到丁浩的嘴角抽了一下，生怕他不信似的，指了指自己的衣服，「您看，我是這間物業的……喔，對！」又把旁邊那位沒怎麼動手，戴著眼鏡的大叔拖過來，指了指他身上的制服，「看，我們的衣服都是一樣的！」

丁浩被他第一句的「先生」刺激到了，說話不怎麼客氣，「對，現在做哪行的都會要求要統一服裝。」

老頭把胸前口袋上繡著的「蔚藍物業」的字樣拉近給丁浩看，眼裡都含著淚花，「先生啊，我們真的是……」

丁浩一聽到那兩個字臉就發黑，連忙揮手叫他停下來，之後對後面戴著眼鏡的大叔問了一下具體情況。

大叔說話比較簡潔明瞭，幾句話就解釋清楚了。

事情是這樣的，那個高個子的男孩租了房子，然後出門忘記帶鑰匙了。這位物業公司的老頭被他糾纏了半天，又確實常在社區看見這孩子，就幫他去開門。正巧，十二樓的備用鑰匙被上一個值班的鎖起來了，兩人沒辦法，只能撬門鎖。為了不引人懷疑，還特意叫了正在大樓前修草坪的眼鏡大叔當證人，三人組正式成立。

丁浩聽了半天，有點疑惑，「怎麼他叫你開門，你就開啊？而且還開這麼多家，這麼大的人了，也不至於連自己家都找不到吧？物業也得為其他住戶的安全考慮啊。」

老頭也快哭了，「真的是找不到門啊！我們開了一間兩間，這孩子都說不是！但問題是他出門前燒了一壺水，半路想起來忘記關火了，才心急火燎地趕回來，課都沒去上……」

旁邊的小夥子立刻低下頭，做出一副「我錯了，在檢討」的模樣。身高很高，像這樣縮著，還真的讓人覺得怪可憐的。

戴眼鏡的大叔在本子上記錄了一下，提醒幾位道：

「這是十二樓的最後一戶了，這家也不是的話，那就只有一個可能……」看到在旁邊像罰站一樣縮著的小夥子，「我說，你是不是找錯棟了？」

這個高樓小社區分為東西兩棟，裡面的擺設跟裝飾都一樣，不熟悉的人很可能會走錯，而且這小夥子進來的時候也是急急忙忙的，這可能性就更大了。

小夥子明顯沒想到這方面的可能，睜大了眼睛，「不、不會吧？」

「這邊是東棟，」眼鏡大叔很有耐心，繼續問他，「你住哪一棟？」

小夥子愣了一下，「我……」

話還沒說完，就被外面的警報打斷了。隔壁棟響亮的防火警報像遭到了敵襲一樣，「哇哇哇」地叫個不停，嘈雜聲中還能聽到那邊的喇叭在廣播：『各位住戶請注意，請注意！十二樓有濃煙冒出，請各位從綠色緊急通道依序下樓，不要乘坐電梯，重複一遍，不要乘坐電梯——』

丁浩笑了，指了指外面，「別說了，你找錯棟了！」

這場火警鬧得很大，而A市的效率高，才過一會兒，消防車就出動了三輛，現在在下面疏散人群，又用雲梯車送幾位消防員上去，對十二樓那扇冒著煙的窗戶喊話，下面有一群人站那裡等著。

幸好是中午，現在大家的服裝都很整齊，就是有一個小女生頂著一頭泡沫，看起來是洗頭洗到一半就跑出來了。

白斌回來的時候，看見的就是這樣的情景。熙熙攘攘的人群，大家一起抬頭往上看，記性好的人就念了兩句，「十二樓的那間是住著一個小夥子吧？」

旁邊的人立刻搭話，「是啊是啊，就是來這邊上學的那個！」

白斌抬起頭往上看了一眼。十二樓，雖然明知道不是同一棟的十二樓，但是聽到他們這麼說，還是覺得心裡不舒服。他不再停留，走進公寓，搭上電梯就一路上去了。

他拿出鑰匙打開門，插了兩次才勉強對準。很快地打開木板門，一打開就看見丁浩那張笑臉：「白斌，這麼快就回來了啊！我洗了一些蘋果，你吃不吃？」

白斌看著他，點了點頭。

丁浩踩著拖鞋跑去廚房。他剛才洗好了，放在那邊瀝乾。

「等等，我擦一下。不過是昨天帶來的，在箱子裡放了一整路，就不怎麼新鮮了……」

話沒說完就被白斌從後面抱住了，丁浩有點疑惑，「白斌？」

白斌的下巴放在他肩膀上，抱著他嗯了一聲，「浩浩，我喜歡你。」

丁浩有點哭笑不得，「不就是顆蘋果，你需要這麼感動嗎？你要是喜歡吃，我以後常洗給你吃就是了。」

白斌貼著他不肯放手，只是點了點頭。

丁浩側過身，拿了一顆遞到他嘴邊，「來，擦乾了，吃吧！」

白斌看著丁浩，低頭咬了一口，蘋果的清香在嘴裡擴散，似乎把窗外微微燒焦的氣味都驅散掉了。

只吃了一口，白斌就把蘋果推開，把丁浩抱到檯面上，低頭吻住他，心裡的不安這才平息下來，「浩浩……」

丁浩的臉有點紅，剛才那個吻不錯，他的手還揪著白斌的衣領沒放開。

「白斌，那個、你是不是特別喜歡……居家型的啊？」

丁浩想歪了，把剛才的舉動當成白斌對洗蘋果的誇獎與鼓勵。

白斌也愣了一下，不過馬上就想通了，額頭抵上丁浩的，笑道：「不，我喜歡你這種禍害型的。」

丁浩不高興了，「噯噯，什麼叫禍害啊……」

「禍害遺千年。」

「去你的……那你也是禍害，你們全家都是禍害……唔唔……」

兩個人又黏在一起，放在廚房檯面上的那盤紅豔清脆的蘋果被主人捨棄在一旁，被啃了一口的那顆也遭遇到同樣的命運，缺口的白嫩果肉被時間鍍上一層金黃。

要是，真的有一千年就好了。

◇

白老爺子想得比較周到，白斌還沒提，就幫他們弄了一輛車來。車牌是掛當地的，是普通車牌，號碼也比較低調。

有車就方便了，兩人趁開學前去看了一下丁浩的學校。距離這邊只有三站，比較近，但是離白斌那邊就有點遠，開車過去要二十分鐘，若是塞車就要命了。尤其是白斌還準備跟丁浩一起去上學，就只能提早出門，躲過上班高峰期了。

兩人又把這兩天收拾東西時缺少的物品列成清單，出門一次補齊。

先去賣家居物品的地方把大件家具訂下來。白斌爸媽給的那些東西從盒子裡翻出來後，大部分是擺設的小玩意兒，不買個架子完全沒辦法放。還有，之前的書桌給丁浩用，再加上白老爺子讓他們帶來的筆記型電腦，沒辦法坐下兩個人，光書桌就需要再放一張。

丁浩帶的比較簡單，丁媽媽生怕兒子在長高，衣服不夠穿，一式三樣，依照尺寸排列。更別提白斌那一套一套的行頭了，好吧，衣櫃也得再加一個。

丁浩看到一個放在床上上網的小電腦桌，覺得這個很有意思，也拿了一個。這些比較容易，下了單，貨到付款，回家等就好了。

兩個人又去買了一點日用品，因為有間招待外國人的商務酒店在旁邊，這邊的外國人顯然很多，東西也擺放得很喜慶，幾個收銀檯的小女生看到大鼻子老外繳錢，都有一種賺到外匯的自豪感。

丁浩推了一台購物車閒晃，一眨眼就看見幾個印著草莓的盒子，包裝得很可愛，像是裝蛋糕的。

他拿起一個看了看，上面都是大片的英文，一個白色小標籤貼在上面，寫著中文的短介紹。簡介也寫得很可愛：草莓口味保險套，一盒三片，建議搭配旁邊的巧克力口味一同選購。

丁浩看著那個熟悉的商標摸摸下巴，這個牌子他很了解，的確滿好用的。他扔了一盒進去，又想，不過這輩子是沒什麼機會自己戴了，唉。

正在感慨時，白斌過來了，他把手裡的東西放下，立刻就看到了這個小盒子。

「蛋糕？」

第一反應跟丁浩一樣，不過白斌的英文比丁浩強，順著上面的原文讀下來，對這個還滿有興趣的，他沒用過這個。

「浩浩喜歡草莓味道的？」

丁浩在嘴巴上從不吃虧，立刻瞇眼反問回去：「只要你讓我一次，要我用什麼口味的都可以……」

白斌揉了揉他的腦袋，又笑著放了好幾盒其他顏色的進去，「那回去我們都試用一下好了。」

丁浩看到白斌在那排架子前看得很仔細，不敢企圖反攻。他現在這個矮個子，只有到白斌的肩膀，最起碼也得長到白斌鼻子的那個高度才有希望。丁浩心想著，又去旁邊的架子上順手撈了兩盒牛奶進去，以他現在的年紀，還是有希望長高的。

正想著長高，對面立刻走來一個高個子，頂著一頭金色短髮，臉看起來很眼熟。丁浩立刻想起來了，「嘍！報火警的！」

那位沒聽到，皺著眉頭不知道在為什麼煩惱，連丁浩的推車在眼前他都沒看見，直直地撞了上去，差點摔進車裡。

「啊，對、對不起！」他七手八腳地幫丁浩收拾好，還在道歉，「我沒看見……」

丁浩覺得這個人很有意思，「噯，大個兒，抬頭，你還認識我嗎？那天在我家門口擺弄鐵鉗子……還記得嗎？」

那位還抓著一個粉紅色的小盒子，正是剛才丁浩挑的草莓口味的。他抬起頭來看了丁浩一眼，立刻認出來了，「啊！防盜門！！你是那天的防盜門！」

丁浩笑了，他們說話像在對暗號一樣，有點地下工作者的味道。

「對對對，我就是防盜門，我說鐵鉗子，你後來怎麼樣了啊？」

高個子抓了抓那頭金色短髮，苦笑了一下，「被罵了，然後被管理員趕出來了，說我是危險分子，不讓我再住下去。我遞交了新的申請，現在還沒有答覆，就先住在我媽那裡。」

丁浩了然，一般犯了這種錯誤的沒處罰他，只把他趕出來就算不錯了。丁浩又看了看他那一頭金髮，「剛染的？滿酷的呢，遠看像顆光頭一樣。」

高個子聽慣了這種話，立刻附和丁浩：

「是吧？我也覺得黑色更適合我，可是我媽非要我染回來，說是這個顏色跟我死掉的老爸一樣。」高個子聳了聳肩，把草莓的小盒子放回去，擺放整齊，「我都沒見過他，可是每次看到鏡子裡的短髮也覺得很像光頭。」

丁浩仔細看了一下，這個人的五官是比較深一些，眼睛的顏色也略有不同。

「你是混血兒？」看到他點頭，立刻就對他的身高優勢釋懷了，「難怪，上次就覺得你的身高很高。你在Z大讀書嗎？」

高個子不好意思地笑了一下，摸摸鼻子，「其實，我剛轉學到Z大附中讀高一，我下個月就滿十五歲了……」

丁浩上下打量了他的身高，至少一百八十五公分……不，還要再高一點吧？哪裡像不到十五歲的人啊？丁浩的臉都黑了。

白斌又放了幾個印著英文字母的小盒子進來，看到對面的高個子跟丁浩很熟，也客氣地打了招呼，「浩浩，這位是？」

「這位是我們以前的鄰居，前兩天來打過招呼，也是我今後的學弟，都是讀Z大附中的。」丁浩琢磨了一下用詞，為兩人做介紹，「這是白斌，這是……」

丁浩也不知道高個子叫什麼，而高個子難得聰明了一次，立刻接道：「你好！我叫李夏！很高興認識你們！」

跟白斌握完手，他又熱情地跟丁浩握了一下，笑起來的時候鼻子微微皺起來，帶著男人的爽朗，又有點男孩的調皮。不得不說，這樣的陽光男孩還是很吸引人。

丁浩被他晃得手發麻，而李夏的媽媽教育得不錯，或者說，李夏的確遺傳了他父親的熱情，剛放開手就追問：「浩浩，你在哪一班？我是一年三班的，我們中午一起去食堂吃飯好不好？」

白斌聽到這個稱呼，眉頭皺了一下，「他叫丁浩。」

李夏的神經比較粗一點，完全沒有注意到白斌的臉色，驚訝地反問：

「可是你叫他『浩浩』啊！」又向丁浩求證，「是吧？剛才他叫的是『浩浩』，我沒聽錯吧……」

丁浩對這孩子的印象很好，很久沒有見到能頂著白斌的低氣壓，笑得這麼爽朗的人了。他要嘛是和白斌同等級的高手，要嘛就是真的神經特別粗，壓根就沒反應。李夏看起來明顯是後者，都掏出小本子來跟丁浩要電話號碼了，「浩……」

丁浩連忙制止他，「丁浩，丁浩。」

對方從善如流，對稱呼沒什麼要求，「丁浩，我剛從國外回來，經常弄錯上課的時間。這樣好不好，我把我的電話號碼留給你，你可以通知我什麼時候去上學嗎？」

白斌把李夏遞來的紙條推開，「抱歉，我們也剛來，對學校的事並不熟悉。你可以去找班上的女同學，我覺得她們會很樂意做這種小事情。」

「不行啊，她們會一直跟著我，連打工都去不了。」李夏的臉上立刻浮現苦惱的神色，想了想還是看向丁浩，「真的不行啊？」

丁浩的神經明顯比李夏細，站在這裡就能感覺到白斌不斷冒出冷氣了，立刻跟著點頭：「不行！」

這直白的拒絕讓李夏聽懂了，看來是真的不行了，「那，中午一起吃飯呢？」

這孩子估計是剛過來還沒交到朋友，覺得丁浩看起來順眼，拚命地套近乎。

可惜，丁浩那邊壓力甚大，跟他打個哈哈就走了，「那什麼……看情況再說吧，我們還有事，先走了啊！改天見！」

白斌去牽車，丁浩去收銀檯付帳。收銀檯的小女生對丁浩一個人買了這麼多口味、不同包裝的小盒子感到很驚訝。丁浩在心裡罵了一句：白斌這傢伙太過分了，怎麼像沒見過世面一樣，每一種都拿了一盒啊！

丁浩吞了一下口水，試著解釋：「咳，我幫我爸買的。」

小女生人不錯，還送了當天的贈品給丁浩，也是一盒草莓口味的保險套，有點不好意思地對丁浩解釋：「我沒想到你拿了那麼多，湊巧今天的贈品也是這個……」

丁浩提著兩個大袋子出來，其中一袋裝的全是套子。明明是最輕的，丁浩卻覺得格外沉重……

把東西放上後座後，丁浩的心情明顯沉重了許多，他一直在計算那些套子得用到什麼時候，再加上他也用好了，雙份的保險套也得用半年吧？

白斌看了一眼丁浩發呆的表情，一邊開車一邊跟他說話：

「浩浩，你是不是覺得我對你的同學太冷淡了？」

丁浩還沉浸在自己的思緒裡，也沒聽清楚他的話，抬頭追問了一句，「什麼？」

白斌對他進一步解釋：

「我是說剛才那個李夏。他身上有不同的香水味，還有吻痕。我覺得他人可能不錯，只是私生活有些……你可以找其他同學一起吃中餐，關係好的要帶回家裡吃飯也可以。」白斌不希望讓丁浩有種他在約束他交友的感覺，放寬了條件，讓丁浩適應新生活。

「你看得真清楚，我都沒注意到。」丁浩對白斌的細緻觀察很驚訝，不過馬上對另外一件事有些困惑，「白斌，你中午不跟我一起吃飯嗎？」

白斌的心情被他這句話說得好了起來，「你不覺得我煩？整天跟我在一起很悶吧？」

丁浩立刻否定了，「誰說的啊？我最喜歡跟你在一起了，要不然我來A市幹嘛！」

被他用這種理所當然的語氣告白，白斌眼裡終於有了笑意，抽出一隻手握住他的手，「那好，我到時候去接你。」

◇

丁浩比白斌還早開學，收拾了一下就去附中上課了，而白斌全程陪同。

由於是插班讀高三，白斌不放心，等丁浩走進教室，還趴在後面窗戶上偷看了一會兒，看到丁浩很認真地上課才離開。

負責接待的班導師看著他們，覺得很有意思，跟白斌解釋了一下轉學生的管理問題，又做保證：「你放心，如果真的有什麼事，到時候也一定會通知你！」看到白斌很在意丁浩，又問了一句，「你是他家人？」

白斌想了一下，笑著點頭，「對，我是他家人。」

班導師也懂了，他看白斌的年紀也不大，以為是丁浩的哥哥。

「我就說嘛，難怪這麼不放心，呵呵！」

丁浩第一天上課回來就接到了好幾通電話，丁遠邊打來叫他乖乖讀書，丁媽媽打來叫他注意身體，丁奶奶打來要他別太累，要經常回家看看。

老人家覺得丁浩這樣太辛苦了，說著說著，聲音都有點擔心：

『浩浩啊，奶奶覺得，要不然我們……過一年再上大學吧？你不是跳了兩級嗎？也不差這一年，唉，你一個孩子在外面，奶奶不放心啊。』

丁浩笑了，跟丁奶奶說了一遍學校的情況，拍著胸口吹牛：「奶奶，我還想再考一次第一名呢！您可不能滅我的志氣啊！」

聽到電話另一頭也笑了，又問了一下老人的身體情況，聽見一切都好，這才掛了電話。

才剛掛掉，電話又響起來。丁浩以為是丁奶奶忘了囑咐什麼又打來提醒，也沒看號碼接起來就喊：「奶奶……」

電話那邊愣了一下，傳來一陣笑聲，『丁小浩，你怎麼跟你們家養的九官鳥一樣，見到誰都喊奶奶啊？』

丁浩一聽到這個稱呼就知道是誰了，也笑道：「李盛東，你怎麼有時間想起我了？」

李盛東那邊的聲音很吵，旁邊還有人在唱歌，他說話的嗓門也有點大，『我說，丁浩你是不是在A市啊？我……』

電話那邊又是唱歌又是鼓掌的，丁浩實在聽不清楚，「你說什麼？」

李盛東的聲音立刻放大了，幾乎是用吼的，『我靠！你們給我小聲點！！』旁邊立刻只剩下音樂的伴奏聲，李盛東的聲音隨著伴奏傳了過來，『丁浩，現在能聽見了沒？』

丁浩捧著手機，沒預料到他會吼這麼一聲，被震得腦袋發暈，「你可以不要對著手機大喊嗎……沒什麼，沒什麼，你有什麼事就直說吧。」

李盛東對丁浩說話的語氣立刻和緩了許多，『我聽說你在A市，可能過段時間，我也會去那邊玩玩。』

丁浩喔了一聲，不曉得李盛東是什麼意思，試探地問了句，「那到時候，我帶你去參觀我們學校？」

電話那頭笑罵了一句，『滾蛋！我都多少年不去那種地方了。嘤，我說丁浩，到時候哥哥出錢，請你出來玩玩吧？』

丁浩懂了，這孫子是有錢了，在跟自己炫耀，立刻就答應了。

「好啊！先說好了，要是錢不夠，被人留下來……你留下還債，我跑路啊。」

李盛東在另一頭笑了，『沒問題！』

丁浩隨手甩了一下手機，吹了聲口哨。李盛東是個愛玩的人，當初兩人也常常鑽進各個場子裡，偶爾出去一次，就當回憶往事好了。而且，李盛東這兩年應該賺了不少，跟他接觸一下，做點小投資也不錯……

一句話，李盛東的錢，不花白不花！

接送丁浩上下學幾天後，白斌也開學了，出門的時間一提前，有些事情也跟著提前。

丁浩早上是被弄醒的，還沒搞清楚後面被塞進去的感覺，就被握住腰頂了一下。

丁浩趴在那裡，腦袋都被撞到整個埋在枕頭裡了，好不容易鑽出來，還來不及說話就被插到手腳發軟。

「白斌……我說，你放了什麼進去？」

丁浩覺得有點不對勁，往常不是這種形狀吧？就算用了套子，也不是這種感覺……

「那天買的套子……這個是帶軟刺的，試試看。」白斌壓著他，看了一眼床頭的鬧鐘，低頭在丁浩的背上親了幾下，「沒時間了，我動快一點。」

丁浩剛從那句「軟刺」中頓悟，立刻又被攻擊得唔唔直叫。這玩意兒太奇怪了，丁浩過了半天才適應那軟膩的感覺。

白斌在趕時間，毫不客氣地對丁浩身上的敏感點揉捏，從上到下，最後握住，帶著他一起動。

丁浩的身體隨著白斌的動作一起前後晃動，白斌抓著他，又換成跪趴的姿勢，這樣能進入得更深一些。軟刺不小心磨蹭到內部敏感的突起，丁浩的腰腹繃緊了一下，後面也開始絞緊收縮，白斌從後面親吻他，「好舒服。」

丁浩被他這樣占有著，聽到這樣的話有點臉紅，「閉、閉嘴！動你的，少廢話！」

白斌在後面笑了一下，動得更「體貼」，咬著丁浩的耳朵說悄悄話：「這個怎麼樣？」

丁浩的後背紅了一片，抓著被子一角的手都有點發抖，埋著頭嘟囔了一句。

白斌聽清楚了，像是受到了鼓勵，「真的？我試試……」換了一個角度，身下的小孩果然腰肢發軟。

丁浩被做完一套也清醒了。看著白斌退出來的東西上戴著的套子，是半透明的顏色，說是軟刺，不如說像是縮小的兔子耳朵，上面竟然還有像眼睛、嘴巴一樣的突起。

丁浩被嚇得不輕，嘴角抽了抽，回過頭去，「我怎麼不記得有拿這種的……」

兩人整理完，趕去上課都是踩著鈴聲進教室。

幸好，白斌的上課時間比丁浩晚，時間正好。而丁浩一個星期內差不多會有三天是準時進教室，咳！當然，有的時候是單純打遊戲打到忘記時間，睡過頭了。

不過，這在一幫戴著眼鏡的乖孩子裡就顯得有點不一樣，班導師打了通電話給白斌，白斌那一頭沉默了一會兒，誠懇地對老師道歉：『對不起，這件事都要怪我。』

班導師不明白，還以為是家人寵溺過頭了，在包庇他，口氣變得有點嚴厲：「不，這件事跟您沒關係，我覺得這完全是孩子本身的問題……」

白斌咳了一聲，當然，這個問題也關於丁浩本身……白斌並不想再跟老師就責任問題繼續討論下去。接下來的二十分鐘，認真地聽了班導師的建議，並了解了一下丁浩的近況，更對丁浩在學校的交友狀況做了具體的深入探討。

結果還算滿意，丁浩在這邊聽話許多，除了白天愛趴在桌上睡覺，也沒惹什麼事。

白斌也一手攬下了丁浩偷懶的事情，『這件事真的不怪他，這樣吧，我會專門為他做課後輔導，進度不會落後的。』

班導師對白斌有點無奈了，可是報名的時候，家人欄裡只留了白斌的聯繫電話，只好再跟白斌解釋一下：「我們並不是在要求學生課後補習，其實丁浩很聰明，我覺得如果能利用上課的時間……」

『結果都是考上Z大吧，我幫他補習就好，沒關係的。』

老師愣了一下，還沒回過神來，對方已經掛了電話。

丁浩在這麼寬容的條件裡過得如魚得水，同班學生們很羨慕他。不過，丁浩上下課都有人開車接送，中午吃飯也大多都是出去吃，不常跟大家接觸，沒幾個人能跟他說上話。跟丁浩同桌的那位同學是個老實孩子，上課會幫丁浩放風，提醒他別被老師抓到。

後來看到丁浩上課睡覺老師也不管了，他心裡實在很不是滋味。有一天，那位同學很委婉地跟丁浩表示了一下自己的心情：「我好久沒有一覺睡到自然醒了。」

另一邊，丁浩剛踩著鈴聲坐下，頭髮沒怎麼梳好，前面還算整齊，後面有一撮翹著，打了個呵欠回應他：「就是啊，我也是。」

那孩子被這句話堵得不知道該怎麼接話，默默回去看自己的書了。他決定一個星期都不跟丁浩說話了，太刺激人了。

整體來說，丁浩的復學之路還算順利，再加上有白斌時不時的輔導，對高三的課程還算熟悉。但是這死小孩之前撈了幾筆錢，自從有了錢，對學習就不大刻苦了。也不是荒廢了學業，只是換了一種態度，會挑自己喜歡的學。這在大學還算是好學生的表現，但要是一個高中生就該罵了。

班導師又打了一通電話給白斌。這次討論的時間更短，白斌那邊還有講話的聲音，那內容傳到老師耳裡，老師自己就先猶豫了，「那什麼，要不然你先開會？」

白斌的聲音倒是跟平時沒什麼不同，放低了一些，『沒事，我出去跟您談。』

班導師對白斌的態度很感動，如今肯放棄自己的事，為家人著想的人不多了，也只簡單地說了一下丁浩的問題。

「他的英語太差了，而且今天下午的英語課還翹掉了，到現在都沒回來……」

那邊似乎笑了一下，老師沒聽清楚，還在說丁浩翹課的事，「馬上就是品質教學月了，他上課睡覺不要緊，但是不能曠課啊。」

白斌的聲音和緩許多，跟老師道歉：『不好意思，他現在在我這裡，之前去接他的時候沒跟您打招呼。這樣吧，我替他請三天假可以嗎？有些事情要忙。』

班導師很為難，「可是，我們下週可能會有檢查……」

白斌認真地聽完老師的話，問道：『意思是說，如果下週不檢查就可以請假了吧？』

聽到那邊說了是，他就禮貌地掛了電話，『我知道了，謝謝您。』

丁浩在旁邊看到白斌掛了電話，把手裡放著幾塊水果的小盤子遞給他：「我們老師又打電話給你啊？」看到白斌搖頭拒絕，他就自己插了一塊水果倚在陽臺上吃，「我有跟老師請假，可能是同一個理由用太多次了，她不信。」

白斌穿得比較正式，不過也跟丁浩一樣靠在陽臺欄杆上，看著他笑道：「你怎麼說？」

丁浩嘿嘿笑了，「我說家裡有人來，這不算騙人吧？」

白老爺子今天到A市，有一幫老朋友幫他辦了接風宴。而丁浩向來也把白老爺子當成自家老人，討好、撒嬌外加偶爾被老頭拎過去罵一頓，跟白家的晚輩們沒什麼區別。

「這倒也是，不過爺爺是晚上到，你下午就翹課了吧？」白斌就著他的手，吃掉叉子上的草莓。

丁浩又順從地插起一塊，送到他嘴巴裡，嘀咕了一句，「要不是白爺爺來，我們下週也不用檢查……」

白斌吃下嘴裡的草莓，揉了揉他的腦袋，「知道了，回去跟爺爺說一下，請他晚點去學校參觀就可以了。他也是擔心你，才想去看看的。」抬手看了一下錶，估計談話差不多結束了，「好了，我們進去吧。」

丁浩的盤子裡已經空了，也想回去宴會上再拿一點。這群老頭很會找地方，食物的味道很不錯。

丁浩看到白斌穿著一身正裝，就笑著搶先幫白斌拉開陽臺的門，學董飛的語氣說：「少爺請。」

白斌在他腦袋上敲了一下，「再淘氣。」

白老爺子喝得紅光滿面，作陪的人大部分友都是老一輩的。有跟白老爺子一樣，現在轉到地方上的，也有還留在部隊裡的，都是一起槍林彈雨過的老交情，多年未見也不生疏。

坐在白老爺子身旁的是個矮胖的老頭，姓鄭，因為一直在A市發展，所以這次也是他負責舉辦接風宴。鄭老頭這次特意帶著孫子來，一來是混個眼熟，二來是知道白斌也會來，他想讓晚輩們見個面，以後也能互相照應。

但是一對比就看出高下了。不是說自家的不好，只能說白斌起點高、起步早，舉手投足的氣勢都不能相比。鄭老頭很是羨慕，特意安排晚輩們在旁邊湊一桌，之後跟白老爺子碰了一下杯，很是感慨，「白斌真不錯！」

白老爺子謙虛了幾句，笑著誇獎了那邊一番。

「老鄭，你家鄭斌也不錯啊！聽說也是今年考進Z大？很好，很好啊。」又說了另外幾位，因為是從白斌那邊繞順時針說的，沒一會兒就轉到了丁浩身上，「這個浩浩，也是我家的，小孩子淘氣得很，呵呵。」

白老爺子對面的老頭接了一句：「喲，我知道！那是丁浩，白斌家的丁浩吧？哈哈哈！

現在還在養他啊？」語氣說得像白家養了一個童養媳，還帶頭站起來往那邊看，「我看看，不錯不錯，這孩子從小就長得好看！」

他這麼一說，旁邊幾個人也爭前奪後地往那邊看，「讓我看看，噯！還真是小丁浩啊，當年還是個小蘿蔔頭，一眨眼就這麼大了，呵呵！」

還有對丁浩印象深刻的人也問：「小丁浩還淘氣嗎？我回去之後，常常跟我家的皮小子說起他。就是我在你們醫院療養的那個月發生的事，回去就當睡前故事，對我的大孫子講了半年！哈哈！」

白老爺子也想起來了，對面那幾位是S軍區的，白斌跟丁浩小時候掉到水裡，送去住院的時候，正好跟這些來療養的老朋友遇見，一起住了一個多月。

聽到他們一齊問丁浩，白老爺子倒是沒想到，不過自家孩子也要誇得謙虛一點，「比小時候老實多了，這兩年長大了，倒是練了一手好字，性子也磨平了不少。」

第一個問起丁浩的老頭喔了一聲，還在往那邊看，看到丁浩在跟自家孩子說話，笑到酒窩都露出來了，老頭也很開心。晚輩裡他就特別喜歡丁浩，多喜慶啊，一高興又對白老爺子舉杯，「來來來，我們也喝酒，喝酒！」

另一邊，丁浩笑得有點僵硬，他旁邊坐著一個跟白斌差不多大的男孩，一身小麥色的健康膚色，牙齒倒是很白，也很愛笑。

「……我爺爺跟我說的時候我還不信，今天看見你才相信。嘿，你剛才跑進來的時候，我一眼就看出了你就是小丁浩！」

丁浩瞇起眼睛，他搞不清楚這孩子是在誇他還是損他。

不過，那位顯然很喜歡跟丁浩親近，幫丁浩倒了半杯酒。

「來來來，嘗嘗這個，老是喝可樂沒滋味吧？」把酒杯推給丁浩，還單手托著下巴，等著看他喝下去，又不知想到了什麼，自己倒是先笑了，「我家小貓喝到辣椒水會先甩腦袋，然後用爪子使勁地揉臉……」

丁浩默默看著那杯酒，要是把這一杯潑過去，應該能完美表達出他心裡的憤怒吧？

白斌也發現丁浩快繃不住，要翻臉了，在桌子下碰了碰他的腿。丁浩立刻領悟了，聽話地站起來跟桌邊的人告別：「我明天還要上課，對不起，先走一步……」

又低頭用桌邊的人都能聽到的聲音喊了白斌一聲，「哥，你送我回去吧？」

旁邊的那個人很失望，「你要回去了？也對，你上高三……噯，改天我去你們學校找你玩吧？」

丁浩本來還是笑著告別的，聽到他的這番話，臉立刻又沉下來，「不行。」

變臉的速度太快，對面幾個人看見了也跟著笑，起鬨似的鬧了幾句，「崔宇！人家不想和你玩，看不出來啊？哈哈！」他們也是第一次看見好友吃癟，純粹是鬧著玩。

丁浩心裡不舒服，但表面上也不願意為白斌帶來負面影響。這時候大家還在一起玩，誰知道過幾年會變成什麼樣子，說不定派得上用場。他琢磨了一下崔宇的心思，試著開口：

「那什麼，你要來玩也行……」

白斌站起來握住他的手腕，跟大家說了抱歉，這時候還帶著一點笑。

「真是不好意思，小孩得早點回去睡覺，不然明天又偷懶，不肯去學校了。」白斌還是比較能鎮住這群人的，起鬨的也不鬧了。他人緣不錯，桌邊的兩個小女生還囑咐他們路上小心。

白斌一路大方地握著丁浩的手腕出去了，遠看就像牽著手一樣。丁浩有點彆扭，偷偷回頭看了一眼，看見沒人注意，剛鬆了一口氣就見到白老爺子抬頭，不經意地掃了一眼。丁浩心裡嚇了一跳，再看過去，白老爺子又跟旁邊的人說笑起來。

白斌握著他的手很緊。丁浩看看兩人握在一起的手，又看看白斌，也覺得無所謂了。他動動手指，白斌立刻察覺到，低頭看著他問，「怎麼了？」

丁浩心情大好，挑了挑眉毛，無聲地笑著對白斌做了個飛吻的動作。

白斌也被他逗到笑了。

丁浩不乖乖上課的消息還是被白老爺子查到了，老人雖然延後了去學校的時間，但還是在那之後打聽到了一些丁浩的事。

白老爺子對白斌的教育方式很不滿意，覺得白斌太縱容小孩了，找機會去白斌那裡跟他談了一下丁浩的問題。

白老爺子說得很嚴肅：「白斌，你要是帶不好他，我就順路把丁浩送回家，這簡直是在胡鬧！」

白斌默默聽著，對丁浩的事沒反駁任何一句。他也覺得自己這段時間有點放縱小孩，可是看到丁浩求他幾次，他就會忍不住答應。白斌認真反省了自己。

「這件事我也有錯。」

白老爺子對他認錯的態度很不滿意，「你也有你要上的課，我之前答應你讓他來這邊讀書，是、是……」白老爺子看著他，儘量用普通的語氣問：「我說，你當初為什麼偏偏要帶他來？這麼會惹事，你管他不嫌麻煩嗎？」

白斌回答得也很自然，「我一直都跟浩浩在一起，習慣了。」

白老爺子想一想，嘆了口氣：

「算了，既然來了，你就好好教他，將來一起上大學，也不用這麼辛苦地來回接送。」

白斌有點捉摸不透白老爺子的話，這跟剛才的嚴厲語氣差太多了。

他看了白老爺子一眼，從表情上沒有看出什麼，就點頭答應了。

「爺爺，我以後會教好他的。」

白老爺子又把丁浩抓進去單獨教訓了一頓。丁浩出來的時候，垂頭喪腦的，一臉委屈。

白斌不知道白老爺子跟丁浩說了什麼，當著白老爺子的面，也不敢去安慰他，直到送走了白老爺子才抱住他，好好心疼了一把，小心地問他：「爺爺罵你了？」

丁浩搖搖頭，在沙發上抱著雙腿縮成一團，「沒有，爺爺讓我立了軍令狀，說考試進不了前三名就送我回家。」

白斌鬆了口氣，「那就好。」

丁浩依偎在白斌懷裡，聲音很苦惱：「白斌啊，我的英語要怎麼辦啊？」

白斌的眉頭也皺起來了。

「開夜車，我幫你補習吧。」拍了拍丁浩的背，「以後不能偷懶了，這次我也有錯，不過接下來會負責好好監督你。」

白斌是一個很負責的人，尤其遇到監督這兩個字，更是嚴厲了。由於丁浩對白老爺子立了軍令狀，白斌對此更是重視，他的作法就是監督、陪同丁浩又上了一遍高三。

其他的課程是沒什麼，就是英語卡住了，丁浩這次被活生生折磨掉了一層皮，眼周都黑了，箇中辛酸不細表。

第二章　大學開始

白斌大二開學的時候，丁浩終於踏進了Z大校門。

李盛東那孫子說要過來慶賀一下，丁浩背著白斌，衣服都準備好了，用了一整天的手機也沒見到李盛東打電話來。倒是白斌發現不對勁，問了兩遍。

丁浩打了哈哈敷衍過去，等到晚上，李盛東才傳了訊息來，說是下次再來看丁浩，臨時有點事。

丁浩回了他兩個字，外加一個驚嘆號——滾蛋！

大一的通識課比較多，但是英語課明顯變少了，一個星期不過三節五節，丁浩的日子好過了不少。

他有時候也會跑去白斌那邊幫忙，白斌那時候在學生會負責組織部的事情，人手不多，比較忙。丁浩來了幾次就跟大家混熟了，有時候白斌不在，也會叫他進來玩一下。

學生會的活動室在舊校區，是一棟灰白色的三層建築，整牆的爬山虎藤，枝葉纏繞，有時候開窗戶都有點費力。

白斌在二樓的最西邊有一間單獨的辦公室，有點陰涼，所以天氣熱時，丁浩最愛跑過來趴在沙發上睡覺。白斌在對面忙自己的，對他幫忙幫到一半就睡著的舉動也睜一隻眼閉一隻眼。

天氣涼了，丁浩睡著睡著就會縮起來，有時候還會打個噴嚏。白斌拿自己的衣服把他裹起來，看到丁浩在自己衣服裡縮成一團的樣子，覺得很有趣。

丁浩把半張臉埋在白斌的衣服裡，臉色紅潤，小臉看起來軟軟的，頭髮也軟軟的，長長的睫毛垂下來，一副安心入眠的樣子。白斌摸摸他的腦袋，這傢伙睡得很熟，完全沒有清醒的跡象，倒是身體出於習慣翻了個身，往白斌手掌的方向蹭了蹭。

白斌把蓋著的衣服掀開一點，一手托著他的腦袋，低下頭去親了他一下，「浩浩……」相接的嘴唇上還有甜甜的味道，白斌舔了一下，眉頭微微皺起來。輕輕探出舌尖，抵開丁浩的，進去細膩地尋找了一遍，果然找到了含著入睡的糖果。

應該是牛軋糖，已經變得很小了，在嘴裡散發著濃濃的奶香氣息。白斌用舌頭撥弄了幾下，就化在了舌尖上，徹底沒了。

他按住小孩的後腦勺，狠狠地吸了一口嘴裡的小舌頭，這次的動作太大，丁浩唔了一聲就醒了。還沒弄清楚是怎麼回事，就跟白斌的纏在一起，吻了一會兒。

丁浩對這個吻不怎麼排斥，就是有點迷糊，「白斌，你寫完了……我們回家啊？」

白斌聽到那聲「回家」，緩和了表情，輕咬他的嘴巴一下，「還沒弄完。」

丁浩喔了一聲，揉揉眼睛，抓著白斌手腕上的錶看幾點了，「我睡多久了？」

白斌的嘴裡還有牛奶糖的味道，聽到丁浩問就彈了他的額頭一下。

「還不到一塊糖的時間。」

這句話聽起來有點責怪的意思，但丁浩習慣了，哪天沒有被念過。

他打了個呵欠起來，把衣服推給他，「那正好，我起來幫你整理一下文件的盒子，昨天下的那些通知還沒收起來吧？」

白斌捏著他的下巴，微微抬起來，看了一下裡面，湊過去舔了他的牙齒。

「再偷糖吃，就帶你去看牙醫。」

丁浩被他這麼弄，闔不上嘴巴，以揚起頭的姿勢吞了好幾下口水，舌頭也不老實地把白斌的往外面頂，「我才……沒有，是隔壁杜姊給的！」

沒頂出去，反倒跟白斌的纏在一起，口水吞得更厲害了，差點就被嗆到。

白斌還很從容，一邊戲弄著，一邊抱住他發軟的腰，「她給你你就吃？嗯？」

這邊也委屈了起來。

「誰叫你這邊這麼冷，我一冷，肚子就餓，好不容易有塊糖吃……」

白斌沒被騙到，在唇上蹭了兩下，「不要岔開話題，還有，下次不許在這邊睡覺……」

丁浩不服氣，在他的舌頭上咬了一口，含糊不清地說：「……我是……來找你的！」

白斌沒躲，讓他咬著發洩了一下，等丁浩鬆開了一點才安撫地拍了拍他的後背。

「好了，好了，這邊比較晚供暖，你先去教室等我，或者去體育館？過兩天我拿個電暖爐過來，也準備一條毯子放著好不好？」

舊校區的電壓不穩，無法供應高功率的空調，勉強能用電暖爐跟暖氣將就地過冬。

比起含糖的小事，白斌更擔心小孩這樣睡會感冒。

丁浩心裡的這口氣順了，立刻放開牙齒，還體貼地吸了吸白斌「受傷」的舌頭，笑得露出了酒窩。

「那好，我去打籃球，你晚上來接我回家！」

白斌拍了拍他的腦袋，也笑了，「英語要考過，多少看一點書啊。」

丁浩立刻垂下了腦袋，他討厭英語。

丁浩閒不住，在教室看英語又看不下去，乾脆跑去體育館打了幾天籃球。

丁浩的個子矮，身高沒優勢，但是也有個子矮的優點——容易被人忽視，再加上丁浩的控球也不錯，一場球打下來，往往都讓大個子們彎著腰，滿場跑著要抓他。

崔宇那一幫人也來打球，常常會碰見丁浩。偶爾他們早點結束，也站在旁邊看一會兒。看到丁浩上跑下竄的，折磨得一群人雞飛狗跳，那趾高氣昂的模樣活脫脫像個小強盜。

崔宇旁邊的人看出了一點不對勁的地方，摸著下巴，覺得奇怪。

「丁浩是穿紅球衣吧？怎麼連自己人的球都搶啊？」

另外一個笑了，「他們隊長估計也這麼想的，你沒看見他把他抓到旁邊吼了？哈哈！」

崔宇也笑了，他覺得丁浩打球不是打得最好的，但絕對是最有意思的。全場的氣氛都被他帶動起來，穿著紅球衣的小身子在人群裡竄來竄去，現在看起來像在攪亂，下一刻就冷不防地投了一記三分球，胡來也照樣得分。

場上的丁浩並不知道有人特地來看自己。他現在身體暖開了，正頂著滿頭的細汗，露出一個燦爛的笑容，對對面藍隊的隊長倒豎著大拇指，「嘿嘿！」

他家隊長看到裁判舉起哨子來要吹，立刻一巴掌把他的爪子拍下來！都看傻了眼——亂來！你就不能背著裁判做這個手勢嗎！

丁浩挨了一巴掌，像存心發洩似的滿場亂跑，讓紅藍隊的革命友情更加堅定了。兩隊合力追著他截球，連裁判都氣到哨聲吹到分岔了！

崔宇看著來回奔跑的小孩，覺得他真是充滿活力，跑跳時翹起來的頭髮都格外生動，也跟著笑彎了眼睛，「有意思。」

旁邊有人注意到崔宇的眼神，看到他很在意丁浩，也跟著往那邊看。

「那天吃飯的時候還覺得這小子很秀氣，沒想到衣服底下還有兩斤肉嘛！」

這邊是室內體育館，丁浩這種怕冷的也穿了球服。興許是白斌養得好，手臂、大腿明顯比旁邊的人白了一截，看起來也細嫩。這位說得有點下流，但也成功引起了大家的注意。

「哎喲，還真的是，這麼細的腿，彈跳力倒是不錯嘛！」

崔宇不笑了，回頭看了一眼第一個說話的，那位不是很熟悉，不過他記得那是鄭斌的堂弟，好像叫鄭田。因為那天的接風宴是鄭老爺子請的，鄭家的晚輩多來了兩個，而鄭斌比他們大一屆，平時也只有這個鄭田會跟他們一起玩。

鄭田的臉色有點生病後的蒼白，四肢瘦長，像隻白斬雞。笑的時候老是愛挑眉毛，讓人看起來心裡特別不爽。他平時很愛玩，也玩得起，家裡只有他這個孩子，就算鬧出大事了也不怎麼管，就這樣漸漸養成了一種奇怪的性格——越是別人看上的，他越要湊熱鬧，非要搶來的才要。

剛才，崔宇看著丁浩說了一句有意思，鄭田也說了一句引起大家注意的話，算是搶回了面子。聽到有人附和，鄭田也得意了，「看見沒，他跳起來腰細得跟女生一樣……有點意思！嘿嘿！」

但崔宇跟他接觸的時間不長，顯然不知道他這個毛病，看了他一眼：「喂，不會打球就滾蛋！」

崔宇說得很直白。他是在S軍區長大的，正宗的軍人世家，好脾氣也要看人，這次明顯對鄭田沒了耐性。

而鄭田在A市有家人護著，還真的沒有人曾這樣跟他說過話。想到他堂哥之前囑咐過他的話，不敢對崔宇說什麼，只是惡狠狠地瞪著場上的丁浩，「我還真的不懂打球！什麼球，一拖二啊？」

這是當地的粗話，是指男人下面的那根跟兩顆球。

這句話一說出來，就有人當場噗哧一聲笑了。

「鄭田，你的『球』技不錯啊？改天帶兄弟們一起去練練吧？」

鄭田現在舒服一點了，扯扯嘴角：「好啊，過兩天一起去，誰不去，誰就沒種！」又摸鼻子笑了笑，眼角瞥了崔宇一眼，「不過這也說不定，說不定有人把膽子留在家裡了。」

崔宇沒跟他客氣，一拳就揍在他鼻梁上！

聲音很清脆，估計骨頭斷了，兩條鼻血嘩啦啦地流下來，鄭田的臉色更蒼白了。他一手捂著臉，一手指著崔宇，整個人都在顫抖，「你、你打人！」

崔宇點了點頭，「對，我就是打你！你看我有沒有帶膽子，啊？」

活動了一下手腕，不等周圍的人上來勸架，他拎著鄭田的衣領，按到旁邊的柱子上揍了一頓，沒幾下就讓他臉上開花！

鄭田嗷嗷直叫，嚇到捂了臉卻捂不住肚子，捂了肋骨又忘記腦袋，眼淚、鼻涕都流下來了。

「別打了、別打了！痛啊……！嗚啊啊啊……」

崔宇覺得噁心，也不打臉了，一腳把他踢翻在地上。

「下次說話，嘴巴放乾淨一點！不然我見一次揍一次！」

旁邊的人被震懾住了，現在看到崔宇停手了才敢靠過來。幾個人先穩住崔宇，另外幾個連忙扶起鄭田。那位臉上糊了滿臉的血，看起來很嚇人。

「崔、崔宇，你……」

他還來不及放狠話，就被崔宇瞪了一眼，「靠！你還想挨揍是不是？」

鄭田嚇得一顫，立刻跟扶著自己的人一瘸一拐地走了。

鄭田是父母捧著長大的，這還是第一次挨打，面子上過不去，身上也痛得很，因此也格外記恨崔宇。

◇

丁浩打球只打了兩個星期，骨頭就懶了，又回到白斌那邊，繼續窩在沙發上打瞌睡。這時候還不至於用電暖爐，只用毯子裹著。

白斌看不下去，幫他在耳朵裡塞耳機，放著朗讀原文的聽力音檔，覺得這樣多少能聽進去一點。但這些到了丁浩耳裡，全變成了催眠曲，眼睛瞪到通紅了也記不住一兩句，沒一會兒就開始連連點頭。白斌沒辦法，乾脆錄了自己的聲音進去，效果才好了一點，不過丁浩適應得很快，沒幾天就照樣能塞著耳機入睡了。

白斌看到他這副樣子，想把耳機拿下來，小孩還非不讓。

白斌看著他每天睜著一雙紅眼睛，不斷點頭，然後慢慢趴下去睡著，被弄得哭笑不得。不過見到丁浩堅持折磨自己耳朵的決心很強，也就任由他繼續下去，不阻止了。

董飛不常來，但是每次都能看見丁浩，十次中有八次是戴著耳機，呼呼大睡。董飛對此表示很擔憂：「他上課不會也是這樣吧？」

他們跟丁浩都不是同個學院的，看到丁浩這副疲懶的樣子，董飛就忍不住皺眉頭。

白斌對此倒是很放心。

「不會，這兩天他們系上在弄資料，半夜還被叫去實驗室幫忙，讓他睡一會兒好了。」

白斌看到丁浩還抓著MP3不放，忍不住也笑了。丁浩這傢伙明明很討厭英語，可是答應了之後，也一定會努力去辦到，結果可能不會很好，不過過程還是值得嘉獎的。

「董飛，你忘了當初他是怎麼說的了？」

董飛想起來就好笑，「也是，當初還寫了保證書，絕不被當，為了這個也得好好努力才行啊。」

丁遠邊當初給丁浩的指示是讀法律，丁浩當場就拒絕了。他以前混的就是法律，也是丁遠邊選的，他的個性太活潑，實在沒那個耐心讀完那麼厚一本的法學書。

丁遠邊又提議工商管理，丁浩說一堆人都報名那個系，沒意思……最後選了跟資訊技術有關的。看到丁遠邊一臉不放心，他還反過來安慰了丁遠邊一句：「爸，我總得挑個自己有興趣的吧？興趣才是最好的老師啊，這個很有意思，我以前接觸過。」

丁遠邊深知自己兒子是什麼貨色，絕對不可能提前做好大學的準備功課，「你為什麼接觸過這個資訊技術？」

丁浩以前是看到別人幹這行很吃香，聽到丁遠邊問，也隨口跟他打了哈哈。

「那什麼，我玩紅色警戒不是玩得很好嗎……」

丁遠邊恨不得拿鞋底抽死他！

紅色警戒是資訊技術嗎？這算哪門子的資訊技術！要是玩紅色警戒玩得好就能上Z大，他們家對面老楊的五歲小孫子也能上了！

丁遠邊來這邊一趟，恨不得吞掉一瓶速效救心丸，他實在承受不了丁浩的刺激。

丁浩抱著這個科系不放，最後寫了一份保證書給丁遠邊，一定不被當，要讀完拿學位回去才算結束。

丁浩很聰明，又跟丁遠邊商量，加了一條獎勵措施。沒寫什麼具體內容，就是一個空頭獎勵。丁遠邊的心全放在這個科系到底行不行、丁浩會不會中途輟學上面，壓根就不在意那句話就簽上了自己的大名。

這是丁遠邊重大的損失，四年之後對此後悔莫及。

丁浩班上總共不到三十人，女生更是少之又少，本班的交友情況得不到緩解，大部分有空時，都跑去別系尋尋覓覓了。教他們專業課程的老師姓徐，年紀很大，老先生對這件事很感慨，「你們克制一下啊！」

丁浩是班上少見沒離開的。他的座位很前面，有時候也常常幫徐老先生弄弄電子儀器什麼的。老先生對丁浩的印象很深刻，他指著丁浩，對門口那幾個想開溜、不參加活動的人憤憤指責：

「你們看看！人家丁浩多會克制啊！」

那幾個蹭到門口的抓了抓腦袋，「老師，他小……那什麼……我們不小啊。」

徐老先生很生氣，而且用手指著丁浩半天，都累得打顫了，手臂明顯有下滑的趨勢。

「他哪裡小了！啊？！」

幾個男生順著老頭的手往下看……

班上僅剩的兩個女生立刻收拾課本，紅著臉跑了。這本來就是可參加、可不參加的課外活動，老先生看到全班都跑光了，鬱悶地放下手，「真是的，太不懂得克制了！」

丁浩的鬱悶程度不輸徐老先生，幾步上前，就把徐老先生的茶杯拿起來，「老師，我去幫您倒茶。」

這話題太勁爆，順著徐老頭的手繼續說下去還得了。

老先生叫住他，「噯，丁浩啊，別去了，幫我收拾一下東西，送到辦公室去。」

丁浩在後面抱著徐老先生帶來的幾件測量工具，跟他去了辦公室，幫他安頓好才走。

老先生很高興，「丁浩啊，下次有實驗我再叫你啊。」

丁浩的腿都抖了一下。

這讓他想起每日每夜做計算、分析資料的日子，半夜被抓到實驗室的滋味真不好。

徐老先生看起來很有學者風範，但下手很狠，把人叫來後就反鎖實驗室的門，沒做完不許出去。他們幾個看老爺子都一把年紀了還在奮鬥，在第一線不睡，也就跟著熬了幾次夜。

丁浩覺得那跟重新上一遍高三沒什麼兩樣，唯一的好處可能就是沒有外語。

丁浩試著跟徐老先生解釋：「老師，我平時會打籃球，而且想在下學期進學生會……可能會很忙，顧不到班上啊。」

老先生瞪著眼睛。他做科研一輩子，最討厭這種半路分心的了。雖然丁浩的專業成績一般般，問題是聽話啊。

「不行，我去跟你們輔導員說，讓你在班上當幹部。聽話，跟老師去實驗室，上次你不在，他們幾個去樓下借小推車都借不到！」

實驗室在綜合大樓那邊，有時候要從兩邊搬儀器，特別麻煩。丁浩就厚著臉皮，去綜合大樓下面的銀行借四輪小推車，把幾疊厚厚的資料、徐老先生自備的實驗材料一次送過去。徐老先生用慣了人家銀行的小推車，可是人家銀行也要用啊，那玩意兒上下三層的設計是用來放錢箱的，不是讓徐老先生放雜七雜八的電路線板。所以銀行裡的女生看到不是丁浩來，就不怎麼願意讓他們用。

徐老先生留住丁浩的最大原因，是懷念小推車了。

徐老先生跟丁浩擺事實講道理，喝了一壺茶還不讓他走。

「丁浩，我記得你的英語成績勉強及格吧？這學期的學分夠嗎？加入學生會一年也撿不到幾分，還不如跟著我。」

丁浩覺得老先生看他的眼神很熱烈，那是一種期待他上賊船的表情。可是學分的誘惑還是很大，以後要是考研究所也會有幫助。

他想了想，無非是在空閒時間找點事情做，也就答應了徐老先生。

丁浩答應了之後，也確實沒吃虧，徐老先生待他很有仁義，許諾的學分都給了，還幫他跟英語老師說情，至少讓丁浩的英語成績安全低空飄過。丁浩感動得熱淚盈眶，都恨不得幫老頭端茶遞水了。

徐老先生對丁浩的情況深有體會，一邊喝茶一邊教導他：

「丁浩啊，我理解你的心情，我當年修俄語的時候也是很想死，不過熬過來就好了。你看，學會一個，再多學幾個就不難了。」老先生是以前的科班出身，那時候還不流行英語。

丁浩點頭說是，「我回去繼續努力，繼續努力。」

這個謙虛的態度讓老先生很滿意，他這邊還在帶研究生，人數更少，根本不夠使喚，所以也時不時地叫丁浩來幫忙。

丁浩在處事方面比這幫實驗室狂人強多了，除了幫忙，幾乎變成了他們的祕書兼保姆，有時候身上還替徐老先生帶著藥，準時提醒他吃飯、吃藥。

丁浩跟丁奶奶說了這件事，老人還很不高興：

『浩浩啊，奶奶一直在等這一天啊，你怎麼先去伺候別人了？』

丁浩知道丁奶奶是心疼自己，外加吃醋了，立刻哄她：

「奶奶，我就是在練習啊，等我練熟了，回去天天伺候您，您想躲都不躲不了啊！」

丁奶奶被他逗笑了，隔著電話叫了一聲心肝寶貝。丁浩也不怕肉麻，一邊答應一邊笑得瞇起眼睛，「親奶奶啊～」

徐老先生正好路過，聽到丁浩這軟綿綿的一聲，雞皮疙瘩都起來了。這跟他帶的剛當爸不久的研究生一樣，父子倆也是閒著沒事，湊在一起就傻笑，說的淨是一些沒內涵的話，語氣跟丁浩沒什麼區別。

丁浩這邊忙，白斌那邊也沒閒著。

白斌的工作重心放在學生會，不過班上的事多少也會參與一部分。大二的通識課少了一些，丁浩又跟他同步上課、作息，這樣安排倒也應付得來。

而崔宇因為上次在球場打架的事，從紀檢部調到了生活部，家裡打電話來罵了一頓，畢竟再怎麼說也是他先動手打人。而且鄭田特別沒用，壓根沒有還手的能力，讓崔宇想栽贓都無法往他身上推。

崔宇憋著氣，跟鄭田道了歉，但那傢伙倒好，賴在醫院不出來，像受了多大的傷一樣，見到他就直哼哼。

崔宇的手指放在褲子口袋裡，按得喀嚓作響，氣得轉過頭不看他。鄭田那邊的幾個親屬表現得不錯，也有明理的人，並沒有責怪崔宇什麼。尤其是鄭田的堂哥鄭斌，這個人做事比較沉穩，但也有點高傲，對於鄭田被打一事，反而隱隱地站在崔宇這邊。

崔宇在醫院受了氣，回來後也不想去打球了，埋頭在學生會待了幾天，熟悉工作。

生活部分到的辦公室跟學習部、組織部相鄰，幾個部門都隔著一條走廊，沒兩步就能走到。崔宇待在那裡沒幾天就碰到了丁浩，他覺得很驚喜：

「噯，丁浩！你也在這邊啊？」

丁浩那時候被徐老先生抓去實驗室閉關，剛被放回來，在白斌的辦公室裡睡到一半，出來上廁所。

他半醒半迷糊地盯著崔宇看了半天：「啊，你是……你是那個誰嘛！哈哈，真巧啊。」

這死小孩勉強認出自己見過這張臉，但壓根沒想起名字，看見崔宇手裡的文件箱就跟他客套了幾句，「你在生活部啊，最近很忙吧？」

崔宇笑彎了眼，「是啊，我剛到這邊來，你在對面？」看了一眼走廊上的牌子，心情顯然很不錯，「組織部啊，滿好的，我還以為叫你坐下寫資料，你肯定會睡著呢！」

丁浩也笑了，「我可做不來，拿起來看兩眼就想睡了，我是陪白斌過來的。」

崔宇喔了一聲，還想再問，但是丁浩「人有三急」，擺擺手就跟崔宇告別。

「下次再見，我先去一趟樓上……」

丁浩對崔宇的印象停留在那天的飯局上，隱約記得這個人很會聊天，生怕在這時候跟崔宇聊起來。

崔宇在那裡看著他一路跑上二樓，舉著手，都沒辦法跟他說完再見兩個字。

他把舉著的手放下來，抓抓腦袋後想了半天，也不懂自己哪裡惹到丁浩了。他聳聳肩，抱著文件箱回去自己部門了。不管怎麼說，這次遇到丁浩也是滿有緣分的，不是嗎？

不過，崔宇馬上就發現這個所謂的緣分，都是跟白斌有關。

崔宇這段時間也跟丁浩混熟了一些，有時候會叫丁浩去打球，丁浩要不要去都會先看白斌，看到那邊點頭了，這才答應跟他去玩。

比如說上次的校園活動，組織部沒參與，丁浩連身影都沒出現。

而這次是團委那邊的活動，組織部是主角，丁浩立刻跟著在場上來回跑跳。

崔宇覺得丁浩跟白斌也太黏了，怎麼形影不離啊？

他抽空對丁浩開玩笑，還鬧他：「你就像是白斌養的一樣！他是你爸嗎，怎麼什麼事都聽他的？你將來結婚也聽他的嗎！」

丁浩的腦海中浮現出白斌穿著一身筆挺的西裝，綁著緊緊的領帶，一臉嚴肅地宣讀誓言的場景……

丁浩差點把嘴裡的水噴出來，笑著跟崔宇擺擺手，「我覺得結婚已經夠嚴肅了，不能讓白斌加重氣氛，要是他一瞪我，我念錯詞怎麼辦？」

崔宇放下手裡的礦泉水瓶，拉過丁浩的一隻手模仿那個場面，儘量把嘴角扯平，憋出嚴肅的樣子學白斌說話：「誰誰誰，我把我兒子丁浩交到你手裡了，今後你要替我愛他、照顧他、呵護他……」

丁浩被他抓著手腕，聽了半天也琢磨出一點意思了，用空著的手摸了摸下巴：

「我說，你說誰是你兒子啊？還有，你也說反了，我是男的，要照顧也是我照顧，你得換一下男方家長的說辭。」

崔宇點頭說對，立刻換了一隻手，還抓著丁浩保持姿勢，繼續扮演父親的角色：「丁浩，我把人交給你了，你們要好好的，不能因為雞翅吵架，也不能因為三分球投不中就在別人的泡麵裡吐口水，更不能……」

丁浩擺擺手讓他停下來，企圖挽回一點形象，「崔宇，上次我是嚇唬你的，沒有真的吐進你的麵裡好不好？你形容得也太下流了！」

崔宇想了想，大方地跳過這一段。

「好吧，那儀式進行到最後一步。」往旁邊看了一下，這邊也沒什麼人經過能配合，就把旁邊椅子上的一瓶噴漆塞到丁浩手裡，還意猶未盡地玩上癮了。

「來，就當做這是新娘吧，該你說誓詞了！」

丁浩很乾脆，握著那瓶噴漆，對崔宇彎下腰就結束了，「謝謝叔叔！」

崔宇提醒他，「不對，你不是該說『謝謝爸爸』？」

丁浩抬起頭來看他一眼，「……崔宇，你今天是存心來占我便宜的吧？」

崔宇哈哈笑了，拍拍丁浩的肩膀，「沒，沒，我幫你送『媳婦』來了。」

旁邊的椅子上還放了大半個箱子，因為是要拿來噴塗鴉板的，顏色很齊全。

崔宇指著剩下的幾個問他：「一個夠嗎？這邊還有別的，要不然你再挑一下？」

丁浩聽見崔宇這麼說，立刻就拒絕了，模樣還很嚴肅。

「崔宇，我跟你說，我對待感情可是很專一的。」他晃了晃自己手裡的那一罐，是淺綠色的，正好去幫忙噴牆面，占了一大片的綠色噴起來也不費力，丁浩很滿意，「就它了。」

崔宇不怎麼在意他的話，低頭抱起那箱噴漆就往會場走。

「好了，那帶著你『媳婦』跟我去幫忙吧！」

白斌也在會場，組織部的人都安排好了分工，他正在幫生活部的小女生弄幕布。

他個子高，隨手按個釘子都能省下那群女生來回搬梯子的功夫。白斌身上天生帶著一股領袖氣質，做事有條不紊、安排周到，小女生們漸漸以他為中心，忙碌起來。

有人帶著就是比一群人瞎忙來得有效率，沒一會兒，幕布就弄好了，周邊的小塊塗鴉板也弄得差不多了，只剩下後面的大背景還沒噴。

丁浩跟崔宇來的時候，白斌正帶著一群人在做最後的美化處理。

生活部的小女生們看見崔宇過來，一個個都像機關槍一樣開始噴他。

紅衣服的小女生在最前面，手裡還抓著音響線，「部長！你跑去哪裡了？半天都沒看見你！你不是說要幫我們掛幕布嗎？」

另一個扛著梯子過去，聽見後對崔宇哼了一聲，「就是啊，文藝部把我們部的男生全拉去當苦力、搬音響了，我們這麼柔弱……差點忙不過來！」

崔宇連忙放下箱子，幫她拿下肩膀上的木梯，輕鬆地扛起來，送去要用梯子的那邊。

「對不起，對不起，我去拿噴漆，順便叫了一個苦力來幫忙，一不小心忘了時間！」

小女生們也只是說說氣話，看到他認真道歉，也有點不好意思了。

「算了，我們這邊也弄得差不多了。」指了指那邊，還不忘提醒崔宇，「部長，你等等別忘了謝謝人家白斌啊，你跑了，都是他在幫我們的。」

崔宇聽完後連連點頭，「好，我一定會謝謝他……」

說完，抬頭往白斌那邊看了一眼，正好看見丁浩貼著他，一起在那裡噴漆。

白斌的表情沒什麼變化，看著丁浩依舊是板著臉的模樣，但感覺有點不一樣，好像……能融入什麼進去。

丁浩拿著噴漆，哼著歌幫忙弄草地，上頭已經貼好了弄好形狀的蠟紙，直接噴就好。白斌看到丁浩只戴著防護鏡，又把自己的手套脫下來給他：「小心點。」

這邊就算是室外，噴漆對身體也有少量危害。

丁浩只拿了一隻手套，把另一隻推還給他。

「你也戴著吧，等等把那隻手放在口袋裡就好了。」

白斌沒拒絕，學著丁浩把一隻手放進口袋，往牆上噴塗。他做事比丁浩沉穩，一步一腳印地弄下來，從來都不用再補足，有時候也會幫丁浩補上不均勻的地方，「慢一點。」

丁浩點頭答應了，也放慢了步調，漸漸也熟練了。

這玩意兒主要是前期比較麻煩，後面還真的很好玩，尤其是撕掉蠟紙的時候，成就感立刻就出來了，噴得真是漂亮！

崔宇也拿了一瓶噴漆過來，貼著他們一起忙，順便跟白斌道了謝，「剛才謝謝你啊。」

白斌對他這句話沒什麼回應，看到崔宇一副「我就站在這裡幹活了」的樣子，淡淡地開口：「我覺得，最重要的是做好本職工作。」

崔宇停下手裡的工作，微微挑起眼角看他，「什麼意思？」

白斌也停下來看著他，防護鏡遮住了鼻梁以上的部分，看不清是什麼表情，語氣倒是疏離而客氣：「我的意思是，如果你有時間在這邊忙，不如回去做好自己的分內之事。」

白斌指了指幕布那邊的小女生們，「她們等了你很久，沒有分工，沒有安排，幾乎亂成一團，還把幕布裝錯方向。祕書處一直有人來申請領取物品，沒有你的簽章就拿不走，桌椅的看管也沒有專人負責吧？」

崔宇的臉色不是很好看，畢竟他從沒被別人這麼潑冷水過，雖然白斌說的都對，心裡還是忍不住一陣不舒服。他晃了晃瓶子，還站在那裡回答白斌的話，「你也太認真了吧？這些事不用你管……」

白斌對他的反應微微皺起眉頭。

「你知道組織部是來負責協調的吧？我只是對自己的工作負責。當然，我也希望你最後不用我接管。」

白斌對他還算客氣，並沒有說出爛攤子這麼直白的話，不過只是這樣，兩人之間的氣氛就已經有點緊張了。

丁浩識趣地閃得遠遠的，假裝對角落裡的草葉很感興趣，把瓶子當成噴筆，一遍一遍地刷。

崔宇看了白斌一會兒，先對自己貼過來卻不討好的行為扯了嘴角，勉強笑了一下。

「好，我回去做分內的事，白斌你行，真行！」對白斌豎起大拇指，又叫了旁邊的丁浩一聲，「嗳，接著！」

丁浩接過崔宇扔過來的東西，是之前他拿的那瓶噴漆。崔宇對丁浩的態度還不錯，跟之前玩鬧一樣，對丁浩擠了擠眼睛，「你那瓶省著點用啊！別忘了，那可不是一般的噴漆！」

白斌看著崔宇吹著口哨離開的背影，也停下了手裡的工作，回頭盯著丁浩，防護鏡也推了上去。

「你手裡拿的是什麼……噴漆？」

沒外人在的時候，白斌也會允許自己偶爾有點好奇心，尤其是關於丁浩的。

丁浩立刻狗腿地跑過去，托著手裡的綠色噴漆給白斌看，「這是我『媳婦』！」

接著，討好地把那個瓶子塞到白斌手裡，笑得露出一口小白牙。

「來來來，白斌，別客氣，送給你！」

這次的活動辦得很成功，但是在這之後，崔宇憋了幾個月才來找丁浩說話。

倒不是為了白斌之前的那番話嘔氣，是生活部的工作多，實在忙不過來。崔宇早就想開了，他覺得白斌對自己忠言逆耳了一次，反而是個值得交往的人，再加上白斌那邊還有個好玩的丁浩，他更不會為了這件事記仇。

生活部的小女生多，幹起活來也不馬虎，做調查、發問卷，做基礎工作的時候也真的很有用，隨便拉一個出來都能當成男人使喚。同理，生活部的男人都是當成畜生使喚的。

崔宇在這裡當了一次畜生被使喚，星期六日反而累得跟死狗一樣，有時候還會碰到紀檢部、文藝部的活動，都得無償充當救援隊。

不過忙完這一陣子後，空閒的時間就多了一點，也能趁機做點私事。比如，生活部的小女生們閒著沒事的時候，就愛跑去白斌那邊玩，對待丁浩的態度也十分和藹可親。她們比丁浩大，普遍都把丁浩當成小弟弟對待，有時還會把丁浩拖出來幫忙。對此，崔宇是舉雙手贊同。

丁浩看起來油嘴滑舌的，幫忙的時候能出的力氣也不小，自然而然就得到娘子軍們的認同。而且他一來，偶爾還會有點額外福利，像是白斌會出現得比較頻繁，這也讓一小部分的女生很雀躍，小臉都激動得紅了。

崔宇看在眼裡很不是滋味，「我是不是該跟白斌換一下啊？他一來，就讓妳們眾星捧月似的圍著不放，我看他比我在這裡受歡迎多了！」

小女生們七嘴八舌地說：「那可不行！部長，你不能跟白斌換啊，我們不要他過來！」

崔宇的小心靈剛得到了一點安慰，就聽到那幫女生們又喜滋滋地說：「白斌哪能幹這種粗工啊？弄傷手了要怎麼辦！」

周圍立刻一片附和聲，「就是啊！就是啊！」

崔宇默默地轉過頭，繼續幹著他分內的粗工。他感到很受傷。

五月份照慣例是各學院的大合唱比賽，聽說市裡的長官也會來，安排得很細緻，合唱的曲目也都很講究，全是熱門精選。丁浩他們班比較晚挑，只剩下一首《團結就是力量》給他們。

學生們想讓比賽內容豐富一點，提議能不能在最後安排個小活動，學生會就往上反應了一下。因為這次外聯部出去狠撈了一筆贊助，經費充足，而且假期也長，上頭默許了這件事，允許在最後弄個小節目助興。

各部門分工合作，緊鑼密鼓地開始工作。這次，重頭戲是放在文藝部，由紀檢部、生活部幾個部門協助配合。前兩天，市裡的長官來觀看，大家沒大肆吵鬧，等長官走了，立刻憋著一股勁，等最後的節目。

這次辦了一個抽籤，各班選代表去抽號碼，抽到的號碼就對應學號，上臺為班級爭光。這次很熱鬧，因為抽到的人中有會唱的，還有亂七八糟的，大大娛樂群眾。

後來上臺的人學聰明了，知道自己唱不好的，乾脆就不唱了。有講相聲的，有做金雞獨立外帶繞口令的，還有一個很厲害，打了一套拳法，據說在少林學過功夫。最後一個看到題材差不多都被選走了，被逼得沒辦法，又回歸唱歌。一首流行歌曲唱得出神入化，不但改了曲，連詞都換了，還有押韻。

輪到白斌他們班的時候，去抽號碼的小女生手氣很好，一把就抽到了白斌。

天氣有點熱，白斌隨意把袖子向上捲了兩下，領口的釦子也比平時多開一顆，下面的小女生很興奮，眼巴巴地盯著他，等著看表演。

白斌在臺上想了一會兒，才對著麥克風說了一句話。他表情很嚴肅，但是說的話很打動人心：「對不起，我剛才實在想不起歌詞了，就哼一段，大家將就著聽吧。」

下面立刻是一陣善意的哄笑聲，還有跟白斌熟識的人瞎鬧，「沒歌詞得再表演一個！這不算啊！」

白斌也笑了，在上面又想了一會兒，總算想到了一小段歌詞，清唱了幾句，還很好聽。

丁浩也跟著在下面笑，還沒高興完，就換他倒楣了。

原本抽到的不是丁浩，是他旁邊的小女生，那個女生實在唱得不好，看到丁浩還在旁邊瞇著眼睛笑，一把就把丁浩推出去，壓低聲音求他：「丁浩，謝謝、謝謝，幫姊姊一次，晚上請你吃米粉！」

念學號的兩個同學看到丁浩這樣跳出來，還以為這班的表演人員特別積極主動，一邊一個就把丁浩架到臺上了。

丁浩冷不防地被弄到臺上，有點發愣，抓了抓腦袋，他也忘詞了。

他把腦袋裡那些亂七八糟的歌都想過一遍，還真的沒有能唱的。要是一張嘴，唱出了明年才發的歌該怎麼辦？

「那什麼，要不然我也哼一首……」

下面更加起鬨，「這個剛才玩過了！不能重複啊！」

「不能哼就不哼，我唱個拿手的啊！」丁浩的臉皮也厚，舉著麥克風唱了合唱曲目，「團結～就是力～～量～～這力量是～～」

「唱這個要罰唱十首啊！」

「太不要臉了！不聽這個！不聽！」

丁浩在臺上耍賴，一臉微笑，硬是把大家的噓聲當成讚揚，還鞠躬呢。

「謝謝！謝謝大家的支持！」他對底下特別大牌地揮揮手，把麥克風塞回旁邊傻掉了的學長手裡，「雖然一片安可聲，但我覺得再唱幾首會耽誤到其他同學發揮，我先下去了！」

一直鬧到傍晚，大操場上的人都還沒散。

白斌他們還弄了一個時空信箱，讓大家自己寫幾年後的良好願望，到時候再郵寄返還。這有點煽情，但是效果還不錯，小女生們都喜歡。丁浩只留了一句話，想了想，在上面留下了白斌的名字。裡面只有一張紙條，還有讓人害羞得臉紅的三個字。

最後天黑了，又放了天燈，氣氛達到高潮。據說當天晚上促成的情侶特別多。

丁浩跟白斌也放了一個天燈，白斌在上面寫了身體健康之類的祝福語，丁浩也寫了一句應景的話，寫得很實際：跪求英語不被當。

天燈飛起來的時候很漂亮，飄飄搖搖，橙黃色的光亮一點一點，連成一片。

白斌在下面握住丁浩的手，一起抬頭看，覺得丁浩的願望一定能實現。

不只這樣，連他們寫給未來自己的那些願望，也都能實現。

活動圓滿結束，崔宇說要請客，非要一起吃頓飯不可。

「噯，去吧，去吧！丁浩，你上次不是還說想去，但沒空嗎？我可是提前和人打招呼，特意留了新鮮海鮮給你，有新鮮的扇貝，還有這麼長的蝦！一起去嚐嚐吧！」

丁浩一下子想起上次吃到的扇貝，有點心動，回頭看著白斌，「去嗎？去嗎？」

這跟直接說「去吧、去吧」有什麼區別？白斌對他這樣的眼神沒有抵抗力，點頭答應。

崔宇介紹的餐廳很有特色，裝修得古韻十足，一樓大廳的服務生肩上都掛著一條毛巾，一碗麵、一壺酒，就像在拍古代片一樣。丁浩覺得很有意思，一大群人跟著崔宇上二樓，推開門又看見更好玩的——

這就是廂房嗎！外面有一張八仙桌，窗戶旁有長桌，上面擺的文房四寶很齊全，裡面的小房間掛著簾子，還放了一張能半躺的竹床，前面掛著鳥籠，裡面的兩隻畫眉叫得正開心。幾個女生一來，就跑到畫眉鳥那邊，從口袋裡掏出食物餵食。

而丁浩一眼就看上那張竹床，躺上去試了兩下，天氣熱，用這種涼涼的正好，就拍著扶手誇獎了兩句，「不錯，很結實！」

崔宇喝著水，不知道想到了哪裡，噗的一下就被口水嗆到了，咳了一會兒才停下來。他再看向丁浩的眼神帶著別有用心的笑意，「丁浩啊，怎麼了？你的床……弄壞了？」

丁浩最近還真的把白斌的床踢壞了。

那次白斌不在，他半夜睡覺不老實，轉了一圈，一抬腳，硬是把床頭踢歪了，再裝上去之後，動作大了就會發出響聲。白斌是覺得沒什麼，關鍵是丁浩被壓在下面，聽著吱嘎吱嘎的聲音很彆扭，像在聽白斌進進出出一樣，臉皮再厚也承受不住這個。

如今崔宇問起，丁浩也避重就輕地說：「我半夜不小心把床頭踢壞了，是床不結實。」

崔宇之前是猜到丁浩有女朋友，沒想到這麼一說，還真的問出來了。他覺得很驚奇：「你什麼時候交的女朋友啊？我怎麼不知道！」

丁浩看了他一眼，「怎麼，還要你蓋章批准啊？」

崔宇笑了，乾脆過去跟丁浩坐在一起，占走半張床，跟他搭著肩膀套近乎。

「我們不是抬頭不見低頭見的嗎？我就是好奇，也沒見過你跟誰特別親密啊！」崔宇這邊想的有誤差，他只想到女朋友，完全沒看見旁邊一臉凝重的白斌。

丁浩跟他打哈哈，「下次，下次帶來給你看啊。」

崔宇更好奇了，拚命追問。

白斌看到那位的手臂沒有要從丁浩肩上拿下來的意思，乾脆自己過去，把丁浩拎起來放進懷裡，和丁浩一起坐在那張竹床上，話說得不冷不淡，「我也試試。」

崔宇愣了一下，「啊？」

白斌看他一眼，「這張床還滿結實的。」

崔宇又跟著他把視線放回竹床上，這是半躺用的，是貴妃椅的樣式，有點像搖椅。現在坐了他們三個，就算丁浩是被白斌抱在懷裡，還是有點擠。崔宇覺得像抓住了什麼，又好像不太明白，順著白斌的話接道：「啊，對，很結實……」

他看到丁浩坐在白斌大腿上的姿勢很彆扭，但又覺得丁浩人小，這樣坐也沒什麼。比如說，如果人多了，丁浩也可以坐他腿上嘛……

大家坐著等了一會兒，菜就端上桌了。不但有海鮮，精心烹調的肉類料理也不少。其中有個豆腐燉鹿肉，這個吃法丁浩沒嘗過，特意夾了一塊。鹿肉燉了之後顯得有點發黑，也比其他肉有咬勁許多。丁浩啃了一會兒，覺得味道也就是那樣，說不出好不好吃，倒是豆腐燉得不錯，很鮮美。

除了這個，還有一個醉蝦球很受到大家熱烈歡迎。蝦球的表皮炸得金黃酥脆，蝦肉被酒浸泡過，又嫩得爽口，沾一點椒鹽佐料，好吃得讓人連蝦尾都吞下去了。

一連上了兩份都被一掃而空，崔宇看到丁浩在舔手指，把最後一個蝦球放在丁浩面前的小盤子裡，「再來一份？」

丁浩咬著蝦拒絕了。

「這個得趁熱吃才好吃，帶回去的話，時間一久，味道就不對了，涼掉也不脆了。」

白斌正在喝茶消化，聽到丁浩這麼說，嘴角忍不住挑了一下。

崔宇也被他逗笑了，「丁浩，我說的是在這裡吃，都還沒離開飯桌呢，你就已經在想打包的事了啊？」

丁浩跟他熟了，沒半點不好意思的樣子，眨眨眼睛反問回去：「在我們過來前你就自己說了，什麼吃不了，讓我們『兜著走』……杜姊，對吧？」

丁浩找的同盟是生活部的一個女生，她聽到丁浩的這番話也笑了。

崔宇叫她們一起出來吃飯的時候，還真的說過這一句，立刻跟著點頭附和：

「對對！說了！說了！姊妹們，想要什麼，抓緊時間叫一份打包！」

崔宇也笑了，還真的叫來服務生，點了幾份小點心給她們帶走。

這邊應該是崔宇常來的地方，看起來對菜單很熟悉。這邊剛點完，大堂經理就親自送了兩盤水果過來，還特意問了一下合不合胃口。

丁浩正端著茶杯跟崔宇開玩笑，聽到經理這麼問就想起了什麼，問經理：

「炸蝦用酒泡過再煮不是這邊的做法吧？吃起來還不錯！」

大堂經理解釋了一下，「對，這是臨海那邊的做法，跟這裡有點不一樣。不過泡蝦的酒也是我們自己釀的，味道輕，蓋不住鮮味。」

崔宇也點了點頭：「我們那邊也是這樣吃。丁浩，放假可以來找我玩啊。S市的旅遊景點還滿多的，上次白老爺子去那邊釣魚，還誇那裡清閒呢。」

這番話明顯是在幫丁浩跟白斌求情，白斌不鬆口不行啊。

白斌沒說話，不反對也不贊成，還在慢條斯理地喝茶。

之前白露比賽的時候，丁浩跟著去過，倒是勾起了以前的回憶，跟崔宇聊了幾句。不知怎麼地，就把話題帶到釣魚上。崔宇對這個很感興趣，對丁浩指著門口：

「你進來的時候沒看見？二樓下面就是一個水池，也可以釣魚，魚簍、魚竿什麼的都很齊全，出去釣一把？」

丁浩也覺得不錯，崔宇又多叫了幾個人，大家跑去下面玩。白斌的姿勢最專業，倒是提議的崔宇跟丁浩一樣，是不怎麼會甩竿的人，鬧了不少笑話，也活躍了氣氛。

崔宇還不忘跟丁浩商量：「丁浩，你可以抽空去我家那邊玩嘛，臨海的景點多，你想吃什麼，我們查好後就去。那邊是大海……」

白斌在他們旁邊坐著，崔宇說的話也聽得很清楚。

從丁浩去釣魚開始，白斌的心情就很好。這情景似曾相識，曾為他帶來很美好的記憶。現在聽見崔宇這麼說，明顯就想多了，咳了一下，眼裡有忍不住的笑意，「嗯，我覺得大海不錯，最起碼海裡肯定沒有仙人掌。」

丁浩嘴裡的魷魚捲咬得喀吱作響，連眼神都有點鬱悶。

「別跟我提仙人掌！我最討厭的就是仙人掌！！」

他們幾個說話本來沒什麼問題，偏偏旁邊一起來釣魚的那幫人喝醉了，前面都沒聽見，只聽見丁浩那句「最討厭仙人掌」，就晃晃悠悠地站起來了。

「誰、誰他媽說仙人掌……仙人掌不好！」

這邊釣魚的地方也分成小包廂隔開，為了通風，兩個場地之間是用竹簾隔開的，一推就能進來。竹簾後面的那幫人藉著酒意，掀開簾子進來，「剛才那是誰說的？啊？」

丁浩抬頭看了那個人一眼，看起來也是個男大學生，只是臉色偏蒼白，瘦得手臂顯長，穿著騷包的黑襯衫……

丁浩對絲質黑襯衫最是厭惡，他當年也愛穿這個出來耍流氓，現在再看到，不禁很是感慨。果然，這種穿著，一看就不是好東西！

那位喝醉了，流里流氣地闖進來，還在無理取鬧，翻來覆去地抓著那句話不放，「誰說的……仙人掌、仙人掌怎麼了！」

丁浩還在打量他，那位腦袋上的頭髮不知道是沒燙好還是故意的，中間都豎起來了，再配上他那張扁平的大臉，這麼一看還真像個仙人掌。丁浩恍然大悟，他是被戳到了舊傷，惱羞成怒了。他也沒認出來那是誰，剛想跟那個人說句話，就被崔宇攔住了。

丁浩沒認出來，但是崔宇認出來了。他過去拍拍那個人的肩膀，笑著問：「鄭田，怎麼樣？傷好了，出院了啊？」

白斌抬頭看了一眼，他對這個鄭田也有點印象，一次是在飯局上，一次是他跟崔宇在體育館打起來的事鬧太大……

白斌看了丁浩一眼，把釣竿放下後站了起來，在丁浩旁邊看著那兩人說話。

鄭田並沒有喝很多，就是心裡不痛快，想出來發洩一下。他現在也認出崔宇，酒立刻醒得差不多了。他上次被崔宇揍了以後就老是躲著他，痛是一回事，主要是心理上特別害怕崔宇。現在再看見他，不免嚇了一跳：

「崔、崔宇，你想幹嘛？我跟你說，這邊有攝影機，可不能隨便動手……」

跟著鄭田混的幾個人也陸續過來了，站在鄭田身後。這孫子心裡稍微有了底氣，腰杆微微挺起來，「那什麼，之前的事我不跟你計較，今天是誰說剛才那句話的，你要拉一個人出來來……」

他還自以為是給崔宇一個臺階下，想要隨便推給什麼人，罵兩句後和解就好了，但一旁的白斌就過來了，「我說的。」

鄭田的一句話卡在喉嚨，憋了半天也沒說出什麼來。他哪能不認識白斌？白斌家老頭的官銜比鄭家老爺子高半階，白斌他爸也快外派期滿，調回來升職了，他在這時候來找白斌吵架，就真的是腦袋被驢踢了。

鄭田摸了一把臉，硬是憋出了一個笑。

「說得很好……我就是來跟大家打個招呼，呵呵，打個招呼。」

丁浩在旁邊低頭撇嘴，太沒骨氣了，要是以前的他，哪怕是要抗著回去被丁遠邊打一頓的後果，也會先扳回面子再說，這個鄭田連當流氓都不是正宗的。

崔宇覺得鄭田這次比較上道，拍著肩膀跟他說幾句：「招呼打完了就回去吧？鄭田，上次我下手重了一點，對不起了！」

話雖這麼說，拍在鄭田肩膀上的力道也不比那次輕。

鄭田的臉色又白了一點，他能感覺到崔宇的威脅，勉強笑了一下。

「都是誤會，誤會……」

他知道在崔宇這裡占不到便宜，更何況還有白斌在，一對二，回去更無法交代。他低頭忍下了這個暗虧，四處瞟著，一下就看見了丁浩。

丁浩手裡還拿著魚竿在釣魚，也沒站起來，正在撇嘴。從這個角度看倒是不難看，尤其是那微微向前傾身的姿勢使後面露出一截頸項，帶著一點說不出口的吸引力。

鄭田是第三次看見丁浩了，他仔細想了一會兒，這三次好像都特別湊巧地碰到了崔宇。而且從第一次見面開始，崔宇就特別在意丁浩，上次打架，也是因為他說了丁浩幾句而引起的吧？他認識的人裡也有喜歡玩這種的，崔宇跟丁浩該不會是……那個吧？

他看看丁浩，再看看對他一臉提防的崔宇，越想越覺得是這樣沒錯。

丁浩被鄭田的眼神看得渾身彆扭，要不是自己是男的，丁浩差點就以為自己是被當眾調戲了。

被男人調戲的這種爛事他就遇過一次，還是以前跟白斌鬧得最凶的時候出去泡酒吧體驗到的。那種像蒼蠅一樣盯著的眼神，跟鄭田這種偷偷打量的感覺沒什麼不同，丁浩對這種感覺很反感。

白斌也察覺到了，皺起眉頭。

鄭田對看臉色這件事還是很有經驗的，能屈能伸地跟崔宇、白斌道了歉，來演了一場默劇就回去了。臨走前看了丁浩那邊一眼，崔宇果然是貼著丁浩坐的。

鬧了這麼一場，大家的興致也沒了。有人提議去唱歌，不過小女生們不想去，想回去宿舍。崔宇勸了兩句也就不多說了，只在臨走前讓她們每人帶了一份點心走。

他也幫丁浩準備了一包點心，但丁浩沒收下，對崔宇擺擺手，客氣地拒絕了。

「謝謝啊，我吃得很飽，而且也不太愛吃這種東西。」

第三章　白傑歸來

丁浩不太清楚白斌在回去之後做了什麼，不過，崔宇找他的次數明顯變少了，倒是偶爾會碰到鄭田，這位也是繞著他走。丁浩對此感到很奇怪，不過還來不及回去問清楚，就遇上了人生中的大危機。

丁浩家隔壁搬來一個人，還勉強算是熟人——

李夏，丟了鑰匙的混血高大帥哥，當初憑一己之力，召喚了三輛消防車過來。他如今終於申請到了公寓，很湊巧，轉了一圈又回到原地，這次直接跟丁浩變成了鄰居。

李夏對丁浩倒是很熱情，搬來的第一天就來敲門拜訪，也順便帶了禮物給他和白斌。是他媽媽做的奶油小餅乾，他遞了一大包過來，附送一個陽光燦爛的笑臉。

「噯，丁浩，吃吧、吃吧！」

丁浩拿著那一大包餅乾，跟李夏道謝。人家都來到家門口了，也只能請人進來坐坐，「喝茶還是果汁？」

李夏不怎麼挑剔，「都喜歡！」

丁浩只好幫他倒了兩杯，左邊一杯茶，右邊一杯果汁地遞給他。

白斌也從書房走出來，看著李夏的那瞬間，他的頭有點痛。

李夏很熱情地對白斌招手，「白，你好！」

這個白是李夏對白斌的簡稱，他對丁浩的「浩浩」總算改了過來，但對白斌的簡稱遺留了下來。丁浩事後安慰白斌，你知足吧，他好歹沒當眾叫你「斌斌」……

總之，這是一個對白斌的所有情緒都能免疫，並快樂地活在自己世界裡的奇人。丁浩對他的這身本事很佩服。

李夏是在中國出生，但是剛上小學就跟他媽媽去了國外，接受那邊熱情奔放的教育。好不容易回來了，還沒適應環境就被壓著送進高中，繼續讀書，而李夏同學唯一得到的允許就是可以獨居。

由於上次的教訓，李夏也對丁浩反省：「丁浩，你相信我，以後我再也不會煮開水不關火了……不，我出門的時候再也不煮水了！」

丁浩對此的回應就是隔天送了一個電熱水壺給李夏，水滾後，會自己跳閘的那種。

李夏接到手裡的那一刻，丁浩才有了安全感，踮著腳拍拍那個大個子的肩膀，「李夏，一個人住有什麼事的話，一定要跟我們說，知道嗎？別怕麻煩我們啊！」

丁浩的話讓李夏同學淚眼汪汪，恨不得把丁浩當成親人，「丁浩，你對我真好！」

白斌也覺得丁浩對李夏太好了，晚上難免就下手重了一點。

他們的床還沒修好，以前隔壁沒住人，丁浩就半推半就的。現在知道李夏住在隔壁，而且通過那邊偶爾傳來的踢桌子、摔椅子的聲音，丁浩很確定——這面牆絕對不隔音啊！

白斌再這樣弄他的時候，丁浩就有點不配合了，扭著躲著，就是不肯讓他進去。白斌被他扭得火更旺了，按住他，覆在丁浩身上狠狠地吸了口氣：

「別動。」

丁浩也察覺出事情的危險程度，老老實實地躺在那裡不動。

沒一會兒，白斌又開始分開他的腿要進去，丁浩不配合：「我不要，不要在這……」

白斌按住他，結結實實地頂了進去才吐出一口氣，咬著丁浩的耳朵安慰他：「我知道，我們去沙發上。」

丁浩還沒反應過來就被白斌抱起來了。

白斌一手托著他的屁股，一手摟著他的背，直接抱著走向客廳。丁浩下意識地雙腳纏住白斌的腰，手也緊緊摟著他的脖子。下面還含著白斌的東西，隨著走動也微微進出著。

就這幾步路的功夫，丁浩被在身體裡的東西頂得臉色通紅，被含在裡面的更是脹大了一圈。白斌走到一半就吻住他，揉捏著臀部，讓丁浩「吃」得更深一點。

丁浩聽到走路時發出的黏膩水澤聲，更緊緊地纏著白斌的腰。白斌覺得那裡既緊又軟，進去後就不想出來了……

「啊……你輕一點。」

丁浩現在雙腿纏著他，白斌抽動不了，但是一味往裡面頂也是很大的刺激。這樣跟硬生生地頂進一截粗大一樣，丁浩覺得自己渾身發燙，下面的潤滑被熱度化開，濕漉漉的。

白斌在沙發上做得痛快淋漓，而丁浩一開始還在想隔壁的人，後來也被弄到想不起來自己是誰，也記不得自己有沒有叫了。

白斌壓著他做了一會兒後，把丁浩的腿放下來，拍拍他的屁股並抱著他的腰，讓他翻身趴在沙發上。轉身時，白斌的始終沒有拔出去，這一轉讓丁浩深深吸了口氣，腰都軟了，顫了一下。

丁浩趴在沙發上，雙腿微微分開，翹起屁股，腰背的曲線彎折成一個柔美的弧度。白斌趴在他身上親吻他，手從下面伸過去握住他的，從後面由慢到快地抽動起來。

「啊……嗯……啊啊……」

白斌忍了幾次，想要在丁浩的身體裡多停留一會兒。不過丁浩被前後夾擊，有點忍不住了，抬起身往後仰，親上白斌的唇角，聲音帶著一點壓抑地嘟囔一句：

「你想……做多久啊？唔……嗯嗯！」

白斌忍不住了，雙手握住丁浩的手，按著他就是一陣大力抽送，帶出來的水順著丁浩的腿流下來。

丁浩被刺激得快感下湧，越來越強烈。又是一陣強烈摩擦，旋過體內要命的突起處，讓丁浩把頭埋在沙發上悶哼了一聲，噴出來的熱液沾濕了白斌的手。

白斌在他的身體劇烈顫抖時做最後的深入衝刺，濕熱的內壁不斷痙攣，白斌也被絞得繳了械。

白斌抱丁浩去洗澡的時候，丁浩還有點沒回過神來。白斌親了親小孩微微閉著的眼睛，可能是今天晚上換了地方的緣故，他下手有點狠。

白斌很關心丁浩的身體，但是遇到這種事，就會有點控制不住自己。不過丁浩平時的臉皮很厚，對這種事後的保養卻臉皮很薄。不但幫他抹藥會費很大的功夫，而且帶他去醫院做私密處的檢查時，就要費更大的勁了。

丁浩很排斥這件事，他覺得這是面子的問題，死活不肯去醫院。

為此，白斌只好一個人去。他對丁浩的情況一清二楚，問完醫生，回來再幫丁浩抹藥按摩也還算過得去。

就在他們適應了這種平靜的日子時，兩人又被家裡緊急召喚回來了——這次是白傑出事了。

當時，白傑還在國外留學，原本打算大學就回來，可是他跳級得太頻繁，一不小心就被導師盯上了，非要他繼續讀研究所、當助手。白傑留下來多讀了一年，而這次是提前回家探親的，待幾天後還要再回去。

丁浩跟白斌回來的時候開門的正好是白傑，這小子長得很高大，不知道是不是在國外吃肉補的，身上也厚實了一點，看起來很有幾年後菁英的氣息。

白傑對白斌的到來很高興，在門口就給了哥哥一個擁抱，對他身後的丁浩也摟了一下肩膀：「哥、丁浩，歡迎回家。」

他的五官輪廓跟白斌很像，帶著嚴謹的內斂氣息，只是比白斌更隨意，穿著也是以休閒為主，領口的釦子從來不扣齊。他很少會看著人笑，但是笑起來的時候，令人感覺整個人都溫暖了起來。

丁浩也笑了，他看到白傑也打從心裡感到高興，拍了拍他的肩膀就跟著進去了。

但一進門，丁浩就笑不出來了，白傑回來住的是白書記的老房子，丁浩在這裡跟白斌住了十幾年，對客廳裡的擺設熟悉到不能再熟。可是，現在客廳沙發上多出來的那個大件擺設讓丁浩的嘴角忍不住抽了抽。

沙發上坐著一個外國女孩，小女生有一雙蔚藍的眼睛，水汪汪的，臉蛋也很漂亮，坐在那裡像一個洋娃娃一樣，正在左顧右盼，「白傑？」

白傑對她招招手，小女生立刻高興地跑過來了。她的中文說得不好，來這裡後特別聽白傑的話，叫她幹嘛就幹嘛。

她看到白傑身旁的兩個人，試探地問：「白傑？餃子？哥哥？肉丸子？大饅頭？？」

這是白傑常跟她講的幾句話。小女生有時候會跟白傑學中文，結結巴巴地，交流得不是很順暢，猜想白傑常說的這幾句話就是家人的名字。這女生說對了幾個，大部分都錯了，指著丁浩的時候，甚至還重複了一遍，「大饅頭？」

丁浩試著對她露出一個國際通用的微笑表情，這個國際友人說不好中文，我們得表示理解，支持她不是嗎？

小女生看到丁浩的回應，眼睛都亮了，吱吱喳喳地回頭對白傑說了幾句什麼。

白傑簡短地回覆了一句，不過小女生猶豫了一下，上下打量丁浩，然後肯定地笑著對丁浩伸出友好之手：「肉丸子！」

丁浩差點沒有氣到暈倒。這、這是什麼名字！還不如大饅頭呢！他轉頭問白傑：「你剛才跟她說什麼了？怎麼這個洋妞這麼肯定我是肉丸子啊？」

現在白傑看見哥哥的興奮已經消失了，慢吞吞地回答丁浩的話。看樣子時差還沒調好，帶著睏意地說：「我跟她說，這是朋友，不過麗莎的中文……唔，跟母語轉化的過程中總是會出錯，我有時候也聽不懂她在說什麼。」

丁浩看看白傑，再看看那洋妞，嘴角抽動得更厲害了。聽不懂？聽不懂你怎麼就把人家拐回來了？還是從義大利進口的！

白斌挑起眉毛，他也看出來了——白傑對這個女生有點意思。

白斌又看了一眼那個女生，她正仰起頭，抓緊時間嘀嘀咕咕地跟白傑現學中文，時不時就蹦出一個意義不明的單詞出來。白傑握著她的手跟她說話，還安慰地拍了拍她的腦袋，樣子很親昵。

◇

白露一得到白斌回來的消息，立刻從學校趕回來。她現在正在上高三，回來的時候還是風風火火的，看見白斌後高興地喊了一聲，「哥！」

白斌很疼愛白露，這次就算回來得很匆忙，也帶了禮物給她。只是，他沒想到這邊還有個麗莎，就把原本要送給白露的小玩意兒挪出一件，送給了麗莎。兩個小女生都很開心，沒一會兒就一口一聲哥哥，比誰叫的次數比較多。

丁浩難得回來一次，又碰到白斌的家務事。他看白傑對麗莎的態度，很明顯就是一對，再加上白露也在，他也就不好意思去攪和，坐了一會兒就跟白斌說想回自己家。

白斌正在對白傑問話，他被白傑帶回來的小女朋友弄得很是頭痛，對丁浩要回家的事也沒多想，只以為他是想自己爸媽了，起身要去送他，但丁浩攔住了他。

「白傑剛回來，你留下來照顧他吧！我自己叫車回去就好。」

白斌想了想，把自己的錢包掏出來，塞到丁浩手裡，「什麼時候回來？我去接你。」

丁浩笑了，「我還沒走呢！再看看吧，我要回來時提前打電話給你，因為可能還要去奶奶那邊。」

他只從裡面抽出幾張大鈔，把錢包還給了白斌。白斌有放證件在裡面的習慣，雖然丁浩有時候也會拿來用，但這次他是要回家，白斌如果要找什麼會很不方便。

白斌又抽出一張卡給丁浩，揉了一下他的腦袋，「也幫我買一份東西給奶奶。」

他看著丁浩走出大門，這才回來坐下。再抬頭，就看見麗莎睜大了眼睛看著他，用半生不熟的中文試著跟他交流：「哥哥！」麗莎指了指門口的方向，「白傑和我加起來！加起來的好！」

白斌挑眉，看著白傑尋求翻譯。

白傑幫忙翻譯了一下，「麗莎說，你對丁浩很好，比對我們兩個加起來還好。」

麗莎又在旁邊比了兩根手指頭，重複道：「再加起來！」

白傑沉默了一下，把麗莎的兩根指頭按下去。他覺得自己在哥哥那裡還沒混到這麼悲慘的地步，只有對丁浩二分之一的好就夠了，麗莎這四分之一他有點接受不了。

那邊的白露也聽懂了，切柳丁的刀差點劈到桌子上。

從某種程度上來說，語言不通的麗莎同學一來就真相了，雖然這是白傑跟白露在這十幾年來都不願意接受的真相。

麗莎還對剛才離去的丁浩念念不忘，她覺得那個人在的時候，哥哥的表情比較好，現在太嚴肅了，比白傑還會擺臉色。

麗莎繼承了義大利女生的優秀品質，這才是真正的熱情奔放，很快又熱切地用中文跟白露和白斌聊天。前一句是郵票，後一句就變成了服裝，上一句還在說白傑的學業，下半句立刻說起她媽媽做的小蛋糕，以至於白斌試著問她「家人會不會來找她」的時候，麗莎很歡樂地接了一句，「哥哥喜歡丁浩！」

白斌的一口茶差點噴出來，端著杯子，第一次嗆到。麗莎太說得突然了，他真的毫無準備。

白傑在旁邊捏了一下麗莎的手，低頭提醒她，「我們這邊不能這麼說。」

麗莎立刻比出理解的手勢，「我懂，我懂，洞房（東方）人的含蓄！」

白斌端著茶杯的手抖了一下，白露也被麗莎這超級不標準的發音深深刺激了一次，嘴角都有點抽動。她覺得平時被丁浩氣暈都不算什麼了，下次也許可以帶麗莎出門，這才是真正的人才。

丁浩只是毫無羞愧之心，麗莎則覺得是理所當然的。

白老爺子很快也來了，昨天白傑回來的時候，他就來這邊看過一次，被白傑帶來的洋妞刺激到回去躺了一天，今天再過來，還是被刺激得不輕。

老頭很憂慮地看著白傑，還有緊貼著他坐的麗莎：「白傑啊，你就這樣帶她來，人家麗莎的爸媽不著急？」

白傑說話很慢，麗莎在旁邊善解人意地替他說：「不急！」

白老爺子在沙發上都坐立不安了，他這才是真正的東方人的含蓄，實在不好問麗莎這個晚輩，只能迂迴地問：「你們家在哪裡啊？」、「妳爸爸媽媽是在幹什麼的？」、「妳怎麼過來的？」等等。

麗莎規規矩矩地坐著，臉上始終是燦爛的笑容，努力聽著並回答了白老爺子的問題。白老爺子繼續問昨天的話，兩邊連起來才勉強弄清楚是怎麼回事。

白傑是去義大利留學，剛過去的時候，白傑的身體不是很好，對那邊也不太適應。白傑的導師很照顧他，介紹他去了一家醫院。白傑定期地去就診，一來二去地，就跟主治醫生的女兒在一起了。白傑跟麗莎的感情很好，這次回國，就是想把麗莎也帶來給家人看看，這等於是跟家人介紹自己的女朋友。

白老爺子最關心的是白傑怎麼把人帶回來的，到底是合法的還是偷偷帶回來的啊？勉強跟麗莎溝通完後，白老爺子深刻地體驗了一次雞同鴨講，決定還是去問白傑：「你跟人家父母說了嗎？她家人知道你帶她來這裡了？」

白傑對白老爺子還是很尊敬的，老老實實地回答：「有說過了，羅西先生知道麗莎跟我回來，他很支持。」

白老爺子對這點很不能理解，「怎麼會支持呢？這……這都飛過大半個地球了……」

老爺子覺得只要出國就是距離萬水千山，家人怎麼捨得讓自己的女兒被帶出來？

麗莎用她媽媽的話做了解答，小女生很開心地做了一個擁抱的手勢，生怕語言表達得不夠清楚，比手畫腳地跟白老爺子說：「因為，愛情！」

這比之前的那些對話清楚多了，白老爺子連猜都沒猜就聽懂了。老頭的鬍子都翹了起來，「什麼、什麼愛情！胡鬧！」

白傑在旁邊幫麗莎補救，用白老爺子能接受的話解釋：「爺爺，麗莎的意思是，她們家比較相信緣分，覺得我們是有緣分的，就沒怎麼阻止。而且她想來中國讀大學，正好來這裡考試。」

這個理由果然讓白老爺子好接受多了，老頭喝了口茶，把剛才的激動壓下去。

「咳，原來是來上學的啊，那你趕緊帶人家去找學校，然後該來這裡考試的考試，該繼續回去讀書的讀書。白傑啊，你現在談戀愛是不是有點太早？」

白傑沒吭聲，這無聲的抗議讓白老爺子有點火大，乾脆回頭跟白斌囑咐：

「白斌啊，明天送麗莎去機場，幫她買張票，送她回去！白傑，你就別回去了，留在家裡念書，要做生意都行！」白傑之前跟白老爺子提過想經商，老頭沒怎麼答應，而這個麗莎一來，老爺子立刻把這個亮出來安撫白傑。

旁邊的麗莎舉手提問，「爺爺，我回去了，我的愛情呢？」

白老爺子的鬍子都翹起來了，手裡的拐杖敲著地面，「愛情、愛情……愛情沒了！」

麗莎很納悶，「爺爺，為什麼你一來，我的愛情就沒了呢？」

白老爺子還在繃著臉，旁邊的白露忍不住噗哧一聲笑了，連白斌也帶著笑意，這個麗莎真的很可愛。

白露幫麗莎想辦法，指了指白老爺子那邊，對她使眼色，「妳跟爺爺說，讓他把妳的愛情還給妳。」

麗莎更迷糊了。

「為什麼？我的愛情為什麼要求爺爺還給我？」她看看白露，又看看白傑，用手捏了一下白傑的袖子問：「白傑，你不愛我了嗎？」

白傑的話很少，但是從不騙人，很痛快地給了麗莎答案，「我愛妳。」

白老爺子忍不住了，這一個個都在做給誰看啊？白斌看到老爺子下不了台，咳了一聲跟麗莎提議，「麗莎，妳為爺爺倒杯茶吧？」

小女生很聽話，起來為老爺子倒了茶，端過去，「爺爺，送給你。」

白老爺子對她的中文沒什麼太高的期待，接過她「送」的茶，喝了兩口，臉色和緩了許多。白露跟著湊熱鬧，「麗莎，我們這邊要為長輩敬茶，爺爺喝了就喜歡妳了。」

麗莎很高興，「那爺爺是答應我跟白傑在一起了嗎？」

白老爺子端著茶杯就反問，「我什麼時候答應你們在一起了？」

麗莎指著茶杯，也一副驚訝的樣子，「可是，你都喝茶了！」

白老爺子活了半輩子，第一次遇到這種強買強賣的人，被她氣得哭笑不得。

「哦？我喝茶了，就得讓你們兩個在一起？我不讓你們在一起的話，妳就不端茶給我喝了嗎？」

麗莎嘆了口氣，「難怪在路上的時候，白傑就跟我說，做媳婦的最怕見到公公婆婆，公公的公公更讓人害怕！」

白露跟她解釋了一下，「我們這裡是說『醜媳婦怕見公婆』，麗莎，這是含蓄的說法，是在說媳婦害羞！」

麗莎看著白露，一雙眉毛苦惱地皺了起來，她搞不懂。

「可是，可是我不醜……」

白露笑了，遞一塊柳丁給她，「我知道，不是說妳醜，是……唉，反正妳只要知道這跟害羞有關就行了！」

麗莎明白了，「喔，我懂了！洞房（東方）人的含蓄！對對，你們喜歡害羞的！」

小女生一雙蔚藍的眼睛滿是期待地看向白老爺子，閃閃發亮。

「爺爺，是不是我害羞了，你就會喜歡我跟白傑在一起？」

白老爺子徹底被她逗笑了，沒繃住表情就笑了出來，連鬍子都一抖一抖的。

「好了，好了，妳也不用學害羞了，留在家裡，好好考試，知道嗎？」

◇

麗莎很努力融入白家，雖說鬧出了不少笑話，但也的確跟這家人打成了一片。這女孩對中式餐飲產生了濃烈的興趣，纏著吳阿姨學下廚，做得有模有樣。白老爺子來了幾次，嘴上雖然沒說什麼，但看起來像是也接受這個洋妞了。

另一邊，丁浩回到自己家，日子也過得很滋潤。

剛回來的時候，丁遠邊對他中途返家嚇了一跳，他一直很擔心丁浩是半路不讀了就跑回來，聽說他是放假了才放心。

丁媽媽還在上班，每天自己開著小轎車來回，看見丁浩回來，特意買了一些他愛吃的，恨不得一頓就塞給他。

丁浩的手機一天照三餐準時響，丁遠邊看到他出去偷偷接電話，聲音低得讓人聽不見，心裡又有了想法。等丁浩回來就開始發問：

「丁浩啊，你是不是在學校裡……咳，談戀愛了？」

丁浩第一次臉有點發燙，支支吾吾地說，「沒，沒有。」

他接的是白斌打來的電話，丁遠邊這麼說，也算沒錯。

丁遠邊看到丁浩這樣，更覺得沒錯了。他臉色有點沉下來，囑咐兩句：「別欺負人家，知道嗎？還有，以學習為主！別以為離得遠，我就管不到你了！」

丁媽媽對丁浩在大學談戀愛倒是不反對，往丁浩碗裡夾菜，還問：「是哪裡人？跟你同一間學校？浩浩也長大了，覺得好的話，也可以帶回家來給我們看看，媽媽支持你！」

丁浩扒著碗裡的飯，臉都不敢抬起來，試著幫他們打預防針，「他家也在我們這裡，那什麼，你們也見過……」

丁媽媽有點驚訝，她不記得丁浩曾經帶哪個小女生來家裡過，不過想到丁浩的第一句，家住在這裡的話就容易理解了。

「住在這裡的？是不是在你奶奶那邊啊？」

以前丁浩老是愛往鎮上跑，丁媽媽之前還覺得可能是丁浩想奶奶了，現在聽丁浩這麼一說，很可能是去找喜歡的女孩了。

丁浩唔了一聲，不否認也不認同。他之前去鎮上的時候，白斌通常都會跟著，更何況那邊還有一套房子，幾乎是白斌去找他的時候常住的，丁媽媽說的也算事實。

丁遠邊聽見後挑起眉毛，要是在大學裡談戀愛也不要緊，畢竟五湖四海的，誰知道最後能不能有結果。但是丁浩找的是熟人，那就不一樣了。丁遠邊開始重視起這件事：「誰？哪家的孩子？」

丁浩覺得今天透露得夠多了，放下碗筷，一抹嘴就要跑，「我出去買一點東西，一會兒回來啊！」

丁遠邊抓著他，還在問：

「哪家的？你不說名字，跟我說姓也可以啊！丁浩……噯！小兔崽子！你給我站住！」

丁遠邊攔了一把沒攔住，看著丁浩一溜煙地跑出門，對丁媽媽氣道：

「妳看看，妳看看，這才多大，連話都不聽了，都是妳寵的！」

丁媽媽也不生他的氣，眉頭一挑就頂回去，「誰說的！那是我跟媽一起寵的！」

丁遠邊到嘴邊的話硬生生地被堵了回來。牽扯到丁奶奶，還真的沒辦法有意見。

他看著丁浩跑遠的背影，心裡不太放心，丁浩談戀愛真的能有結果嗎？會不會被他弄出意外來？

丁遠邊想得太過長遠，這種意外在丁浩身上還真的無法實現。

而丁浩現在不知道丁遠邊的憂慮，他準備明天去鎮上看望丁奶奶。難得抽出了一點時間出來買東西，正在挑東西，手機就響了。

這次打來電話的人讓丁浩出乎意料，他一邊拿著兩個禮品包裝對比，一邊把手機夾在肩上接起電話：

「喂，李盛東？」

李盛東對丁浩這麼迅速地接起電話很意外。之前他也曾打給他，只是當時丁浩在生氣，每次都響個三五遍還不接。李盛東覺得丁浩是原諒自己了，也放鬆下來：

『丁浩，你在哪裡，最近忙不忙啊？』

丁浩放下手裡的一個禮盒，又換了一個，要送老人的還是選低糖的比較好。

「我在超市，明天要回鎮上看我奶奶，你有事嗎？我很忙，沒什麼事就先掛了啊……」

李盛東在另一頭連連叫他別掛，聲音有點大：

『你回家了？噯，我也在家，我出門時帶了一點東西回來給你，你明天順便來我家一趟吧？』

丁浩對李盛東表達愧疚的方式還算滿意，隨口就答應了，「好啊，你明天在家等我。」

丁浩答應後，第二天也沒提早去丁奶奶那裡，依舊慢悠悠地依照自己的計畫行事。

鎮上現在完全變了一副模樣，高樓大廈林立，光丁奶奶住的那裡就多了幾棟辦公大樓。當初沒規劃到這一步，最後是占了社區前面的綠地，硬是擠進來。

丁奶奶跟張陽家都搬到新房子那邊去住了。張陽媽媽還是固執地繳著房租，丁浩也沒阻止她，他覺得繳錢可能會讓張陽家更開心一點。

張陽的脾氣大概是遺傳到他媽媽的，外柔內剛，自尊心特別強，看起來像麵團一樣任人揉捏，但是都記在心裡，早晚會還回來。

丁浩先去把自己的房子打掃好。白斌說晚上要過來，這邊很久沒住人了，積了一些灰塵，白斌一來，肯定會皺眉頭。

收拾好了屋子，丁浩才去丁奶奶那邊。老人一早就接到丁浩要來的電話，準備了一桌的菜還有丁浩最愛吃的雞翅。

丁奶奶從他踏進門就抱著不放手，「奶奶的寶貝浩浩喲～快讓奶奶看看，真是長成大人了！」

丁浩今天穿了一件藍白相間的T恤，下面配灰色短褲、運動板鞋，揹著包包站在那邊讓丁奶奶看個仔細。

他這個年紀正是穿什麼都有精神，更別說人長得又好看，一笑起來，嘴邊有一個酒窩，更是讓人心裡發甜。丁奶奶上看下看，怎麼看怎麼滿意，摸了摸丁浩的腦袋直誇獎他，「真漂亮！」

丁浩懶得糾正丁奶奶的修辭，聽到也只是笑著，他看見老人身體好，比什麼都開心。

張陽的媽媽一直留在這裡照顧丁奶奶，現在正端來果汁給他，看見了也跟著誇獎：「浩浩笑起來好看得不得了！唉，我家張陽就是不愛笑，一點都沒浩浩討喜呢！」

丁浩問了一下張陽的近況，得知張陽在醫學院混得不錯，又聽張陽媽媽說了幾個笑話，覺得張陽有漸漸開朗的趨勢也放心了。丁浩猜可能是張陽在大學容易找到同伴，身體一放鬆精神就跟著放鬆了不少。他自己老是做壞事，特別容易也把別人往壞的地方想。

丁浩跟丁奶奶她們一起吃了飯，陪她們聊了一會兒。在這期間，九官鳥豆豆進屋來看了看他。

小東西長大了一點，羽毛又黑又亮，也不怕人，丁浩他們聊天，牠就跑到沙發扶手上停下來，歪著腦袋打量丁浩。

丁浩看見牠就笑了，招招手讓九官鳥過來。小東西拍了兩下翅膀，繞過丁浩，停在丁奶奶的肩膀上。丁浩也不在意，他出去上大學，半年才回來一次，牠沒忘記他就不錯了。

丁奶奶跟丁浩炫耀了一下，老人在家除了健身，最大的樂趣就是教九官鳥說話。

「浩浩啊，奶奶教了豆豆一些話，牠都會說啦！」說完，拿起一塊蘋果哄九官鳥，「豆豆，唱個『蘇三起解』，來，蘇三離了洪洞縣～唱啊，豆豆！」

九官鳥從左肩跳到右肩，不肯好好唱歌，丁奶奶催了好幾遍，牠才唱了兩句。再讓牠表演別的就開始耍賴了，丁奶奶哄牠，「乖，再背個唐詩啊！」

豆豆睜著一雙無辜的眼睛，看著丁奶奶不幹正事，「水開了嗎？水開了嗎？」

丁奶奶噓牠，「你管那麼多！說個恭喜發財……」

九官鳥啄著翅膀，整理自己的羽毛，反反覆覆地跟丁奶奶嘮叨水開了，要倒進水壺。丁奶奶被牠氣笑了，「快走吧，都比我囉嗦了！」

大家一齊笑了，有這個小東西一起生活，過得還很開心。

丁奶奶有睡午覺的習慣，丁浩就趁這時候去了李盛東家。

李盛東也搬了家，在離丁奶奶家不遠的地方買了三層小別墅，還有花園，為李盛東他媽搭了一個菜棚，一架絲瓜正爬得歡實。

李盛東他媽也認識丁浩，不等丁浩開口就笑著叫他去樓上：「浩浩啊，你是來找東子的吧？在樓上呢，快去吧！」

她領著丁浩進門。她是真的喜歡丁浩，她家李盛東死活都不肯再去學校，每次跟丁奶奶說起這件事，都特別羨慕像丁浩這種上大學的。

「讀了書就是不一樣，穿得真秀氣。來，就這裡，進去吧！阿姨出去買東西，你們好好玩啊！」

丁浩推門進去，李盛東用被子蓋著頭，睡得正香呢。丁浩走過去拉開，在他臉上拍了兩下，「噯噯，醒醒！李盛東，你說要給我的東西呢？再不起來，我就自己拿走這個房間裡看順眼的東西了啊！」

李盛東剛睡著沒多久就被丁浩叫醒了，沒睜眼地回了一句：「操，丁浩你……」

丁浩欺負他還沒醒，拿起旁邊的枕頭按到他臉上，一邊捂一邊挑眉，「你大爺的！會說人話嗎，李盛東？你操一個給我看看，啊？」

李盛東這次徹底被丁浩弄醒了，差點缺氧，又掙扎又亂動，好不容易把枕頭掀開時，眼珠子都紅了。

「丁浩！」吼完這一句，又軟了下來。

他覺得丁浩還在生上次的氣，也就不怎麼氣他了，聲音還帶了點委屈，「我說，你只要說一句話就好了，需要這樣嗎……」

丁浩也玩夠了，痛快地放過李盛東。

「好，現在扯平了，快，把東西給我，我還急著回家呢！」

李盛東躺在床上沒起來，伸出手對丁浩指了指櫃子。

「裡面有個黑包包，都是給你的。你自己去翻，我還沒穿褲子，懶得起來拿給你。」

丁浩也不跟他客氣，自己跑向櫃子。

櫃子裡雜七雜八的，不翻還真的找不到。丁浩一邊翻包包，嘴裡也沒閒著，「李盛東，你的櫃子裡怎麼連以前玩的四驅車也有啊？這都是多少年前的古董了，也不扔……」

李盛東在床上翻了個身，枕著手臂跟他說話，「什麼四驅車？噯！丁浩，你翻錯櫃子了，不是這個，是旁邊那個才對！」

丁浩換了個櫃子，這個果然乾淨多了，沒一會兒就找到了那個黑包包。是一個還沒剪標籤的彪馬運動背包，丁浩打開看了一下，裡頭裝著一台古董相機、一台剛上市的PSP，都連同盒子扔在包包裡。

丁浩對李盛東能挑這麼高科技的產品很驚訝，他以為李盛東頂多送他一條粗的金鏈子，沒想到這孫子有錢了，還學會時尚了。

「你還懂這個？」

李盛東在後面找褲子穿，聽到後哼了一聲，「老子懂的可多了。」

李盛東的臥室裡鋪了地毯，丁浩剛才翻東西的時候嫌累，就直接坐在地毯上，現在正拿著包包裡的東西來看。李盛東從後面看去，能看到丁浩微微垂著頭，露出後頸的一截弧度，不知道是不是光線的緣故，從他這個角度看過去，總覺得丁浩的那一小截脖子特別白皙。

李盛東藏在心裡的那個想法又開始蠢蠢欲動，他套上褲子，光著腳湊過去，也不靠著丁浩坐下，就那樣居高臨上地看著他。

丁浩對他過來沒什麼反應，還在拆盒子。

「李盛東，這東西你拆開來玩過了吧？我靠！這個也拆了！我就在想你怎麼這麼好心，這是你他媽玩過了才給我的……」

李盛東還在看著丁浩，從高處看下去，還能看到丁浩T恤領口裡的一片肌膚，還有隱約的乳尖，很小，顏色竟然也是粉紅的……李盛東眼神古怪地盯著他看，對丁浩的質問也只唔了一聲，當作回答。

丁浩嘟囔了一陣子，覺得安靜得有點奇怪，抬頭就和李盛東對上了眼。他對李盛東的表情做出評價：

「我說，你的腦袋被門夾到了嗎？眉頭都打三個結了，怎麼用這副德性看我？」

李盛東摸摸鼻子，貼著丁浩蹲下，「丁小浩，你能不能……」

他還沒說完，丁浩就從他的櫃子裡挖出了寶，舉著一個CD盒到他面前，笑得不懷好意。

「嘖嘖，你還看這個啊？」

丁浩拿的是個小黃片。李盛東這邊有黃片不奇怪，可是上面印著的是兩個男的，還是歐美肌肉型的，這就有意思了。

李盛東的臉色有點難看，似乎對上面那兩個肌肉男很抵觸，「屁！我才沒看過這鬼玩意兒……」

丁浩完全不聽，直接打開盒子找證據。

「李盛東，你要臉嗎？片子都磨成這副德行了，還敢說沒看過！你騙鬼啊……」

丁浩眼尖，還看見裡面夾著什麼東西，李盛東阻止不及，他就拿出來看了。

那是一張相片，上面的人丁浩也認識。

丁浩看到相片，臉都黑了，把相片一巴掌拍在地毯上，這次他也忍不住罵了一句：「李盛東，你噁不噁心啊？你把丁旭的照片夾在這裡面，我……我靠！讓他知道，還不揍死你！」

李盛東的臉也紅了，扯著嗓門跟丁浩爭論，「鬼、鬼扯！我這是……這是想試試到底是怎麼回事！」

丁浩擺擺手讓他停下來，「你看過這片了吧？」又指了指地毯上的相片，「你想著這個人弄你的那個了吧？」

李盛東連脖子都紅了，「屁！老子那是……」

丁浩不聽他解釋，就問他一句話，「你有沒有做？」

李盛東被丁浩這麼看著，到了嘴邊的話硬是憋了回去，只嘴硬一句：「……老子又沒弄出來！」

李盛東有點鬱悶了，他原本是對丁旭有點意思，但是那時候他以為人家是女孩。後來知道丁旭是男的，真的把他嚇了一跳。他之前還覺得丁浩跟白斌鬼混特別不對，直到這種事落在自己身上以後，才發覺這是情非得已。

這個光碟也是那時候偷偷摸摸背著別人弄來的。他實在對丁旭的照片沒什麼想法，也不知道該有什麼想法，才弄了教材來學習啊。可是，李盛東第一次拿這玩意兒，沒什麼經驗就弄來了兩個肌肉男，生生噁心了自己一次。

別說看片子自己摸出來了，就算是再看著丁旭的照片也沒有感覺了。

男的跟男的……胸肌撞胸肌，大腿上也是一道道橫肉，而且用那種地方，李盛東現在想起來還是渾身起雞皮疙瘩。再後來出去混了一段日子，天天溫香軟玉在懷，也就不太常想起丁旭了。

今天丁浩來，他忽然又想起了丁旭。從身形上來看，丁浩跟丁旭差不多，而且看起來也不像他之前看的光碟裡的那些大塊頭，滿身古銅色肌肉。剛才他看著丁浩的細頸就在想，是不是他走了誤區，其實東方人另有不同？

李盛東心裡像長了草似的，一陣一陣地癢得發慌。他看到丁浩翻出光碟跟照片，也忍不住對丁浩試著提出自己的小要求：「丁浩，哥求你一件事……」

丁浩還對他翻白眼，只以為李盛東是想要自己保守祕密，立刻大方地哼了一聲：

「我懂，不會去跟丁旭說，但你自己也注意一點，這樣太噁心了！」

李盛東從小就常跟丁浩玩在一起，比較不排斥的男人也只有丁浩了，而且丁浩長得也不賴。李盛東先打量了丁浩的小身板——如果不排斥，那是不是他跟丁旭還有可能？

他抓了抓頭髮，眼一閉，牙一咬，硬是擠出那句話：

「不是這個，你……你脫掉衣服，讓我看一眼好嗎？」

丁浩的眼睛都瞪大了，「你說什麼？」

李盛東一手小心地放在丁浩肩上，還在試著跟他溝通，「我不是對你有意思，真的，丁小浩，你就幫哥一次，脫掉褲子讓我看一眼……」

「滾！」

丁浩的臉瞬間黑了，揹起書包，站起來就往門那邊走。李盛東連忙攔著他，嘴裡還在勸他。

他的話本來就沒說清楚，這一勸，讓丁浩更火了，一腳踢在李盛東的肚子上。

「李盛東，你的腦袋被驢踢了？再亂說，老子就跟你絕交！」

李盛東也火大了，他覺得，不就只是看一眼嗎？他以前跟丁浩一起下河摸魚，不也看過嗎？只不過現在有一點想法，丁浩就嫌棄了起來……他一直都覺得丁浩自從跟白斌在一起以後，對自己不比以前好，他真是虧大了，好歹他跟丁浩是從小混在一起的，也不能那麼偏心白斌啊！

他一生氣，就把丁浩按到地毯上，眼神還很凶惡。

「丁浩！你給我老實點……」

丁浩一額頭就撞到他頭上。

「咚」的一聲悶響，李盛東被他撞得眼冒金星，耳邊聽到丁浩也吼了起來。

「老實你個頭！李盛東，你試試，你今天敢動我一下，明天我就去你家門口潑油漆！」

李盛東被他連踢帶撞的，弄得兩眼泛淚，強忍著身上的疼痛，顫抖地掀開丁浩的T恤。丁浩鬧得太厲害，他只來得及看到細滑的腰身，跟他在片子裡看到的不一樣，白皙柔軟的，並不比女人差。

丁浩被他按住手，連腿也壓住了，氣得直發抖。

「李盛東，你他媽給老子記著，這仇我……」

丁浩把李盛東家的戶口名簿翻來覆去罵了三五遍，現在又開始新一輪指天發誓的報復。

李盛東好不容易把他按住，既然得罪了人家，也不差脫掉褲子了。他又勉強空出一隻手去解開丁浩的腰帶。

「靠！丁浩，你嘴上積點陰德好嗎？你也罵得太狠毒了，我們家的老祖宗要是聽見，都要從墳裡爬出來了！」

「你他媽脫老子褲子的時候怎麼不想想！」

李盛東給丁浩留了點面子，沒脫他的內褲，只大概翻過去看了一眼輪廓、形狀。

比他在片子裡看到的好太多了，這種的他還是可以接受的。

李盛東看完後放開丁浩，他累得不輕，丁浩的力氣也不小，要不是先撲上去紮紮實實地壓住他了，還真的按不住他。李盛東躺在地毯上，一吸氣就覺得肋骨痛，跟丁浩抱怨：「我都跟你說了只是看看，又不會動你，你看你，把我踢到肚子上都一片青紫……」

丁浩也累了，趴在旁邊喘粗氣，他現在也差不多明白李盛東的心思了，他是代替丁旭被驗了一次貨。

他嘴上也不饒人，聽見李盛東這麼說，翻了個白眼，「怎麼樣，我還要謝謝你忍住沒動手嗎？」

李盛東聽出丁浩沒有剛才那麼生氣了，順便跟他開起玩笑：「噯，不過說真的，你的小肚皮還真軟，要是哪天缺伴，可以來找……」

「我」字還沒說出口，就聽見門「砰」的一聲被人踢開了——

丁遠邊站在門口，看著地毯上衣衫不整的兩人，眼睛都紅了，顫著嘴，話都說不清楚。

「我、我就知道……你這小兔崽子老往鎮上跑就沒好事！！」

丁遠邊從昨天聽丁浩說了談戀愛的事之後，一直不放心，看到丁浩回鎮上，也就跟著回來看看到底是哪家的女孩。

他一路問著，來到李盛東家，沒想到丁浩竟然跟李盛東滾成一團！他又急又氣，看到丁浩跟李盛東趴在地上，連褲子都沒拉好，覺得他們真是造反了，一點反省的意思都沒有，還開始說笑！

丁遠邊火冒三丈，扭頭就去門後找掃把。李盛東的房間裡沒有那種東西，倒是有個健身用的雙截棍，丁遠邊一把就抄起來，折在手裡。丁浩多了解他爸啊，一看就知道這是真的生氣了，這一頓揍肯定輕不了！

這死小孩趁丁遠邊彎腰拿棍子的時候，立刻往外跑，丁遠邊沒抓到他，只在他背上抽了一下，「你這個兔崽子……我、我打死你！」

丁遠邊沒追到丁浩，握著雙節棍，轉頭就走進李盛東房間。

李盛東還沒反應過來，正在穿鞋就看見丁浩他爸紅著眼走進來，嚇到只穿了一隻鞋就到處跑。

「叔叔！叔叔！！我跟丁浩沒什麼……真的啊！哎喲！叔叔，您別拿那個打，那是鐵的哎喲！！」

丁遠邊聽他這樣推脫，心裡更氣了。這是什麼孩子！做了還不承認！簡直就是混蛋！！丁遠邊也不客氣，拿出剛才揍丁浩的氣勢，追著李盛東猛打，「兔崽子！還說！還敢說！」

丁浩像被狗追著跑的兔子一樣，一路飛奔到丁奶奶家，還好現在大中午的，沒什麼人出來遛馬路，不然一定會嚇到人家。眼看就要到丁奶奶家門口了，他忽然看見一輛眼熟的吉普車，車上的人也很熟，是白斌。

白斌的車在夏天會直接拆掉篷子，他剛到，正拔下車鑰匙要下車，但丁浩連叫他的功夫都沒有，連滾帶爬地翻上了後座。

「白斌……白斌快開車！快啊！」

丁浩翻進去的力道有點猛，沒注意到後座上的幾袋水果，當下壓爛了一袋水蜜桃，自己也撞得不輕。

白斌有點疑惑，但看到丁浩像火燒屁股一樣，順手就駛動了車子，「怎麼了？」

丁浩湊過去，伸出手往前一指，「你先別問，快開車……等等我爸就追來了！」

白斌猜想丁浩現在不進丁奶奶家，估計是又不知道怎麼惹到丁遠邊了，這次只怕連丁奶奶都沒辦法護著，乾脆開到他們的房子那邊。

丁浩一路上都趴在後座，讓白斌覺得很奇怪：

「你們見面不過五分鐘吧？怎麼好端端的又要打你？」

丁浩在後面趴了一會兒，稍微回過神，聽見他這麼說也覺得納悶，「你怎麼知道我爸才剛過來？」

白斌開得不慢，不一會兒就到他們住的社區了。

「我早上過來時碰到丁叔叔，正好我也要來接你，就順路載他一起過來了。」

丁浩這才明白，原來他爸是被白斌帶來的，再看向白斌的眼神都哀怨了起來。

「你帶誰來不好，怎麼把我爸帶來了啊……」

白斌把車停好，這才有空回頭跟丁浩說話：

「都碰到了，總不能不載他吧？而且我看丁叔叔也很著急，但我想再買點水果給奶奶，就沒跟叔叔一起去找你。你還沒跟我說，你又闖什麼禍了？」

他這一回頭，一眼就看出不對勁了。

丁浩的衣服歪七扭八的，釦子也有扣錯的，褲子上的腰帶也沒綁好，T恤都穿歪了。這明顯不是被打出來的，只有一個可能——就是匆忙中套上的。

丁浩被白斌的眼神看得寒毛直豎，自己先開車門下車。

白斌在後面伸手抓住他的衣領，拉過來，仔細看了一眼。果然，褲子拉鍊也沒拉上。白斌的臉有點黑：

「你是去哪裡了？奶奶說你去李盛東家了，你……在李盛東家弄成這副樣子？」

這個社區雖然比較少人住，但是好歹也有住人，丁浩在公共停車場被白斌抓著，面子上還有是有點過不去。他也知道自己現在衣衫不整，實在不雅，咳了一聲，跟白斌哀求：

「那什麼……白斌，我今天都掃乾淨了……我們回家說吧？回去跟你說行不行？」

白斌沒聽他的，伸手拉開他的T恤看了一眼，裡面沒什麼痕跡，「他做什麼了？」

丁浩也不知道該從哪裡開始說起，這件事還牽扯到了丁旭，實在不是三言兩語能解釋清楚的。他這半天像在拍驚魂片一樣，先是被李盛東扒了衣服，後來又被丁遠邊撞見。現在雖然算是被白斌救了，但是這才是最大的地雷。

他看著白斌黑著的臉，更不敢隨便開口，正在猶猶豫豫地想說詞時，白斌轉身又返回停車場，讓丁浩愣了一下。

「白斌，你要去哪裡？」

「回去！」

白斌的聲音冷到都掉出碎冰了，也不開車門，直接翻車躍進駕駛座。一手駛動引擎，一手握住方向盤，手上都冒出了青筋。

「我去找李盛東問清楚！」

吉普車悶響幾聲，從停車場急轉彎，直接照原路殺了回去。吱吱的輪胎摩擦聲在地上畫出幾道黑印，可見其轉彎之急。

丁浩看著白斌開車，轉幾個彎就不見了蹤影，心裡更是七上八下，使勁抓了抓腦袋，豁出去了！最壞的結果無非是讓丁遠邊知道他跟白斌在一起了，而且還打死都不能分開！

白斌走得很急，丁浩也追不上，所以先回去家裡。這棟房子是五層樓，沒有電梯，而丁浩是買在頂樓，因此花了半天的功夫爬上去。

這時，他一摸褲子口袋，才發現鑰匙不知道掉到哪裡去了，丁浩進不去，乾脆就坐在門口前面的樓梯上等白斌回來。他們家旁邊的那戶人家買了之後一直沒來住，現在門上的防護層還沒拆，丁浩坐在這裡倒也不怕人看見。

丁浩坐在那裡，一遍遍地安慰自己。他跟白斌的事現在公開也沒什麼，反正他現在也小有積蓄，房產也購置了幾套，基金、股票、債券他也各買了一點，戶口名簿和身分證都在身上，以後也能獨立生活……

就算是丁奶奶，現在身體也恢復得很硬朗，小心地透露一點的話，老人應該也不會特別生氣才對……

想著想著，丁浩的鼻子又有點發酸。

丁奶奶的身體好不容易才養好，難不成這次，又要被自己氣到送進醫院？

丁浩把頭埋在手臂裡，坐在那裡抱著膝蓋，悶頭不語。

還有他媽，這輩子還會幫他跟白斌吧？這十幾年都老實聽話地走過來了，冷不防來個晴天霹靂，還真的不知道他媽受不受得了……白斌家那邊也要去講清楚，這次要說清楚是他自己願意跟白斌在一起的。

勉強幫自己理好了思路，丁浩又開始為剛才離去的白斌擔心。

出櫃的事還能緩幾天，但是白斌自己送上門，按照丁遠邊的個性，那把火一上來可是不管對方是誰都會真的揍下去啊！白斌這個人很沉穩，就算他爸要打，也不會……也不會伸出臉去給他打吧？

丁浩忽然覺得這種事極有可能，依照白斌的個性，一旦丁遠邊問他們是不是在一起了，白斌肯定會點頭說是。而丁遠邊又是個吃軟不吃硬的人，這兩人湊在一起肯定會硬碰硬！

丁浩著急得坐不住，乾脆起來，準備下樓去找白斌。剛走下兩階，就碰到提著水果上來的白斌。

白斌的衣服沒什麼亂，就是單拎著水果的那隻手手指關節處有點破皮，往外滲出的血有一點沾到了裝著水果的塑膠袋。他看見丁浩還語氣冷靜地問：「怎麼沒進去等？」

丁浩被他手上的血嚇得心驚肉跳，這是誰被誰打了？

他接過白斌手裡的袋子，跟在後面留神觀察，「那個，我鑰匙弄丟了，開不了門……」

白斌走上五樓時，也看到坐在臺階前的那個影子了。丁浩坐在這裡的時間不短，天氣熱，地上又太涼，他看到時不由得皺起眉。

他掏出鑰匙打開門，讓丁浩進來，又從抽屜裡拿了備用鑰匙拆下來。

「我把備用鑰匙放在外面門框上，最上面那一格，你下次記得自己去拿。」

丁浩老老實實地坐在沙發上，喔了一聲。

他看到白斌關門進來，又小心地問：「白斌，你剛才……碰到我爸了？」

白斌把沾到一點血的T恤脫掉，又轉身去陽臺拿替換的衣服，「沒有。」

白斌不喜歡衣服帶著濕氣，所以丁浩每次回來收拾的時候，都會把之前放在這邊的衣服翻出來曬一曬。白斌光著上半身，直接過去拿了兩件，丁浩亦步亦趨地在他身後，又問：「那你手上這是……嗯，我是說，要不要我先幫你抹點藥？」

丁浩琢磨著白斌這不是被丁遠邊揍了，那肯定是揍了李盛東。不過他現在肯定不想聽到李盛東這三個字，丁浩只能曲線救國，先把白斌安撫好再慢慢問清楚。

白斌一手抱起衣服，轉身把丁浩也抱了起來，直接扛到肩上，扶著他的臀部往浴室走去，「一起吧，等洗完再抹藥。」

丁浩被他扛到浴室，看到白斌固執地親手幫他脫掉這身衣服，然後毫不客氣地扔出去。丁浩覺得自己恐怕再也見不到這幾件衣服了，同類款式也是，不能再穿了。

白斌把丁浩脫光後，也看到他背上的一片紅痕了。有點腫起來，看起來格外醒目。

他心裡的怨氣差不多都發洩在李盛東身上了，最後一點也在看見丁浩背上的一片紅腫時徹底沒了蹤影。輕輕用手碰一下，小孩就在自己懷裡顫一下。白斌心疼地把他抱在懷裡，親了親唇角，又親了親額頭，「還有哪裡挨打了？」

丁浩搖搖頭，丁遠邊的那一棍打偏了，只是擦過皮膚，看起來是很嚇人，但是沒傷到筋骨。

丁浩抱著白斌的脖子嘆了口氣，「白斌，要不然，我去跟我爸坦白從寬了吧？我跟李盛東真的是誤會，我……」

白斌含著他的嘴唇咬了一下，「我知道，我問過李盛東了，這件事你沒錯。」

丁浩看到白斌手上的傷，用水輕輕幫他沖乾淨，又低頭舔了兩下。

「我爸把他揍得不輕吧？你還能找到空白的部位下手啊？」

白斌在他的頭頂上低笑了一聲，氣氛瞬間緩和不少。

浴缸裡的水滿了，白斌試了試，抱著丁浩坐進去。

丁浩的背上有傷，白斌怕不小心碰到，讓他翻身趴在自己懷裡。丁浩也顧忌著白斌受傷的手，一聲不吭地老實依照他擺的姿勢坐好，整個人騎在白斌的腰上，往前靠在他懷裡。

白斌漫不經心地往丁浩的背上淋水，心思全都放在之前的那件事上。

「我去的時候你爸已經走了，李盛東躲在他家花園的菜棚裡，一看見我就都說了。」停頓了一下，語氣又有點變冷，「我生氣不是因為你跟他走得近，我是氣他不該把丁旭的事扯到你身上。你不是誰的替代品，他沒有資格這樣對你。」

丁浩在他懷裡聽著，覺得白斌箍在他腰上的雙手有點收緊，就仰起頭來親他的下巴，小心地安慰他。

白斌放開手，揉了揉他的腦袋，聲音也低沉下來。

「對不起，我有點控制不住自己……」

丁浩被他眼睛裡的溫柔俘虜了，順從地接受他的親吻，很柔軟，很安心的親吻。丁浩那一瞬間覺得自己的委屈都沒了，就連背上被丁遠邊打的那個紅印也不痛了。

白斌抵著他的頭，像是在跟他說，又像是在跟自己說：「如果我叫你別再跟李盛東來往了……會不會很過分？」

丁浩還沒回答，白斌自己先笑了。

很輕的一個微笑，卻笑得讓人心裡一陣發疼。

「太苛刻了吧？你只有這個好朋友，我不會叫你別跟他往來的……過一陣子吧，至少這一陣子別再理他，好不好？」

白斌抱著丁浩，把頭埋在他的肩膀，深深嘆了一口氣，「我好像有點嫉妒了。」

鬧了半天，白斌晚上也就住在這邊了。丁浩想打電話給丁奶奶又不敢打，最後還是白斌打電話給丁媽媽，間接婉轉地打聽了一下情報。

丁遠邊在鎮上轉了一圈，沒找到丁浩，已經回家了。丁媽媽似乎也不知道他們在李盛東家裡鬧的那一齣，還在電話裡問白斌：

『浩浩又怎麼惹到他爸了?兩人吵得很凶吧……唉,你要是找到浩浩,勸他多吃點飯,明天要變天,也要多穿衣服。他們兩個都有這個毛病,一生氣就不管不顧的。』

白斌一一答應下來,從丁媽媽那邊聽出了大概。

丁遠邊悶頭揍了李盛東一頓之後就回去了,大概是怕風評不好,並沒有跟旁人說。現在連丁媽媽都不知道,估計丁奶奶那邊也沒什麼事。

丁浩這才放了心,有個緩衝時間還是好的。

丁浩背上被抽了一棍,傷口在第二天腫起來了。白斌昨天晚上只來得及幫他抹點藥酒,現在光滑的背上猛地多出一道猙獰的浮腫,在紅油藥酒的映襯下更是恐怖。丁浩的身體還不錯,也不知道是抱著什麼心理,說不想去看醫生。

「沒事,其實沒有很痛,過兩天就好了。」

白斌沒理他,直接揹著他下樓。丁浩想下來自己走,被他在屁股上捏了一下。

「浩浩,你是不是覺得挨了一下,再看到你爸,心裡就舒服一點了?」

丁浩趴在他背上不動了,低著頭抱住他的脖子,不說話。

白斌沒等到丁浩的回答,心裡也猜得差不多。他跟丁浩實在是太了解對方了,有什麼心思也瞞不住彼此。

「我知道你是怎麼想的，可是你這樣挨打，你爸只會覺得你是跟李盛東一夥的，你看你爸，揍李盛東的時候心疼了嗎……」

丁浩在白斌的背上抖了一下，從後面探出一點腦袋，「白斌，你是說……我還要再挨打一次？」

白斌把他往上托了托，讓丁浩在他背上舒服一些。聽見小孩苦澀的聲音，立刻笑了：「傻瓜，有我在呢，不會再讓你挨打的。」

丁浩心裡有點忸忸怩怩地發甜，摟著白斌的脖子，又不說話了。

白斌既然這麼說，也差不多做好了面對的準備，不過在這之前，還得跟白老爺子坦白。這件事比較容易，他曾多次有意無意地對白老爺子透露過風聲，白老爺子的心裡想必也早有準備。有幾次，白斌甚至都覺得白老爺子是默許他們在一起了。

白斌帶丁浩去醫院看了背上的傷，檢查的結果不是很糟糕，跟丁浩預想的一樣，只是皮肉傷看起來嚇人，修養幾天就好了。

檢查的醫生還問：「你們是怎麼弄的啊？是家暴還是在學校被老師打了？」

丁浩趁著檢查、半裸上身的時間，拿著手機轉頭幫自己拍了幾張照。照片裡的傷口抹了藥油，特別明顯，他聽見醫生這樣問，也不好好回答，打了個哈哈敷衍過去了。

「沒有，現在的老師哪敢打學生啊？恨不得幼稚園就學會維權意識了！」那個醫生也是笑笑不說話，開了幾盒藥膏給丁浩，還弄了一點口服的消炎藥。白斌在旁邊問了具體需要注意的事項，丁浩的傷口沒破皮，但也不能沾水，未來幾天只能擦澡。

白斌擔起了這件事。天氣漸漸變熱，有時候自己沖澡的時候看小孩可憐，也會把毛巾在冰箱冷藏室裡稍微放一下，讓他降溫。

他們在鎮上的房子只簡單裝修過，還沒裝空調，就用一台小風扇將就地住了幾天。白斌為了白傑跟麗莎的事，又多請了幾天假，他跟白老爺子決定先把事情處理好。白傑在國外還有一些課程，只住幾個月就要回去了，麗莎這邊主要是找學校，白老爺子的意思是讓白傑看著辦。白傑答應了，親自為麗莎處理好學校的事。

麗莎對此很感動，用跟吳阿姨新學到的糖水來慰勞白傑，白老爺子有時候過來，也一起喝了兩次。麗莎的手藝還可以，老人很欣慰，白傑的事算是告一段落了。緊接著，白斌的事又讓白老爺子皺起眉頭。

白斌這段時間也是住在家裡，這段期間，一天二十四小時，白斌恨不得都把丁浩捆在身上，走到哪裡帶到哪裡。一來是丁浩確實受傷了，行動不便，二來是這顯然是做給白老爺子看的。

麗莎看得眼睛亮晶晶的，一直躍躍欲試地想跟丁浩說些什麼。她覺得這兩人需要支援，需要盟友。

國外出櫃的同性戀者比國內還多一點，但是也經常得不到家人的支持。白斌跟丁浩在她眼裡，就像為了愛情苦苦奮鬥的小情侶一樣，她的人道主義精神發揮了作用，覺得肯為了愛情奮鬥的人都是可愛的。

白傑也看出了自己女朋友高漲的情緒，拉著麗莎躲在樓梯後面，不讓她出去打擾他哥跟丁浩。麗莎一雙蔚藍的眼睛又浮現出困惑的表情，白傑用最簡短的回答讓她滿意了，「咳，<ruby>洞房<rt>東方</rt></ruby>人的含蓄。」

麗莎立刻比出了解的手勢，在遠處默默祝福他們，「希望他們也和我們一樣幸福。」

白傑低頭淺笑，在她額頭上親了一下。他喜歡麗莎的熱情開朗，也喜歡她的單純直爽。

丁浩在這邊陪白斌住了幾天。丁遠邊一直沒打電話給他，丁浩也不好回去看看，最後直接從白斌家出發回去學校。

白老爺子一路送他們出來，看著他們沒吭聲，態度也說不出好壞，倒是視線放在白斌身上的時間明顯變多了。

他昨天跟白斌在書房談了半宿，白斌這次說的雖然跟平時差不多，但是其中的那份強調跟堅持他還是能聽出來。

想到這裡，白老爺子又忍不住回頭去看丁浩。丁浩也算是他看著長大的，論長相、論人才也是難得的好孩子，只可惜是個男生……不過話說回來，他如果不是男孩，白斌又怎麼會跟他從小就結下友情呢？這十幾年的陪伴假不了，白老爺子對他們的事早就心裡有數，只是白斌不提，他也只以為是這兩個孩子年輕，糊塗了一次。不過看到他們現在的樣子，白斌似乎也不願意再跟他裝糊塗了。

送走了白斌跟丁浩，白老爺子看著他們開車離去的背影，忍不住嘆息了一句，「可惜是個男孩啊……」

麗莎撇了撇嘴，剛要提問就被白傑捏了一下手，並對她搖了搖頭。

白傑知道麗莎要講什麼，之前他也隱隱察覺到他哥跟丁浩之間的不同，並詢問過白斌，得到了確切的答案。但是，這個答案最好不要一下就告訴白老爺子，他怕老人聽到太直白的話會受到刺激，反而引起反效果。

他哥跟丁浩的事還是溫水煮青蛙，慢慢滲透比較好。

白斌對這件事倒是沒有太大的壓力，他能做的都做了，最壞的打算也想過了。在各種設想中，怎麼樣都不會委屈到丁浩，既然這樣，也就沒什麼好擔心的了。

如果他家裡的人來找丁浩，想從這邊下手的話，也不會有太大的收穫。丁浩對他的感情很堅固，白斌對這一點還是很放心的。

白斌的情緒放鬆下來，更加重視丁浩的養傷工作，一點也不比在家裡差。

丁浩上洗手間，超過五分鐘白斌就會來敲門：「浩浩，要幫忙嗎？」

丁浩在裡面，有一種被人透過門看穿了的感覺，很是鬱悶。

「……幫什麼忙？你要送衛生紙給我啊？」

門口沒了動靜，過了一會兒，幾張面紙從門縫下遞了進來。

丁浩看著遞過來的面紙，嘴角抽了抽。

白斌照顧到這個份上，丁浩的傷再好不快就真的沒天理了。老天還是有眼的，紅腫部位以肉眼可見的速度逐漸消了下去。

白斌每天睡醒後的第一件事，就是掀開被子，看看丁浩的傷好了一點沒。

丁浩的背上抹了藥，也不穿上衣，就那樣光著背趴在白斌身上。大概是覺得有點冷，還抱著白斌就往他懷裡縮了縮。

白斌伸手在他背上小心地碰了兩下，大片白皙滑溜的肌膚上只剩下淡淡的紅色痕跡，早就消腫了。又撫摸了傷口一下，也不見到小孩有多大的反應，看來是真的不痛了。

白斌的動作很輕，但是丁浩的腰側很敏感，他一碰，就忍不住動了一下。

白斌也停下動作，一大清早的，丁浩趴在他身上扭，很容易點火。而且小孩受傷的這段時間裡，他要忙白傑跟麗莎的事，又跟白老爺子談條件、講道理，還有丁遠邊那邊要想辦法解決，最後也沒忘記在背後查了一下李盛東，小小地懲戒一把。這些事情一忙起來，也顧不得跟丁浩親熱。

如今忙得差不多了，丁浩背上的傷也好了大半，白斌有點懷念起以前的晨間運動。丁浩還在睡，閉著眼睛在他胸口上小小地跟著起伏。他現在也長高了一點，差不多到白斌的下巴那裡，就這樣壓在胸膛上沉甸甸地睡著，卻也讓白斌感到一點充實的幸福。

白斌揉捏著他的耳垂，手裡細膩的觸感很舒服。捏了幾下，就看到小孩又忍不住動了，乾脆托著他往上移了一點，讓他跨坐上來。

敏感處交疊著，白斌的手掌也放在他的臀部上揉捏，漸漸有了性致。而丁浩被這樣揉來捏去，也實在睡不著了，尤其是白斌還把潤滑劑塗抹在他的股間，手指裹著冰涼的潤滑劑，一下探進去的感覺讓他瞬間睜開了眼睛。

「白斌，一大清早的你……」

丁浩還沒說完，白斌的手又添了一根進去，在裡面把潤滑劑抹均勻，手指還在裡面微微撐開著，試著做事前的擴張動作。丁浩的背部繃緊了一些，白斌順著他的腰背撫摸幾下，安慰地在他耳朵上親一下，帶著一點調笑的語氣：

「浩浩，你沒穿內褲？」

丁浩被他的兩根手指弄得腰有些發顫，聽到他這麼說，面子上更是過不去，抬頭咬了他下巴，「老子……老子穿睡褲了！」

白斌被他這樣不痛不癢的攻擊弄得心情更好，這麼有精神，看來是不用顧忌什麼了吧？他一手攬住丁浩的腰，空出另一隻手，在內部尋找最討小孩喜歡的那處敏感點。丁浩被碰到深處，忍不住縮緊了一下。

白斌則被他熱情地絞住手指，眼眸低沉許多，「浩浩別動，我想再弄軟一點，不然等一下你會受不了……」

丁浩臉上有點發燙，鬆開咬著的地方，把頭埋進白斌的肩膀，「你弄好了沒？每次都黏糊糊的，弄那麼多……」

白斌看著他變紅的耳尖，嘴角忍不住上揚。他知道這是丁浩在床上表達喜歡的方式，白斌喜歡極了他這樣偶爾鬧點小彆扭的模樣。

翻身讓丁浩跪趴在床上，從後面覆在他身上，一邊親密地摩擦，一邊低頭咬住他紅紅的耳尖。

「誰讓你每次都不肯放鬆？繃得那麼緊，我都快被你夾斷了……」

丁浩被他一路親吻下去，連背上都紅了一片，還在嘴硬，「呸！那、那是你的事！誰讓你長得那麼粗，你這是畸形，你……唔嗯……嗯……白斌，你放了什麼進去？」

有東西留在身體裡面，丁浩不舒服地扭腰一下，想要回頭去看，卻被白斌按住了肩膀，繼續維持跪趴的姿勢。

白斌的聲音從後面傳來：

「沒什麼，我不是故意的，剛才的保險套沒戴好，出來的時候留在裡面了……你別動，我拿出來。」

白斌一手固定著他的身體，一手溫柔但堅決地探索著內部，在裡面打轉摸索。

丁浩覺得沒卡到那麼裡面啊，但是白斌的手每次都往裡面按，而且還一直在點上揉搓。丁浩快被他揉得兩眼冒出淚花，腰都顫抖到有點發軟。

白斌的手還在深挖，慢慢探入、抽出，潤滑劑被體內的熱壁融化，滑滑地順著大腿流到下面。白斌似乎對那個液體的流向產生了興趣，居然還抽出手指，順著那道黏膩摸上丁浩早已精神起來的小兄弟。

丁浩有點不舒服，覺得白斌不專心，怎麼半路玩起來了？忍不住催促他，「你弄出來了沒有？」

白斌親了親他，手上的動作依舊不緊不慢，「我搆到了……馬上就拿出來，不是很裡面，不要擔心。」

丁浩被他說得擔心起來，被留在裡面的套子弄得很不舒服，乾脆自己伸手去摸了一下，模糊中似乎就夾在股縫裡，一碰就碰到了。丁浩還要再摸，還沒碰到就被白斌握住了前面的頂端摩挲，連續幾下輕重適度、又快又爽，這感覺讓丁浩頓時軟了手腳，眼裡的淚花滾落。

「你幹什麼……這麼突然，我都沒準備！」他都差點噴出來了！

白斌現在倒是不急了，可口的食物當然要慢慢品嘗。

他用手指按住丁浩翹起來的頂端，不讓他出來，但是手指還在下面不依不饒地揉捏、刺激。

「浩浩，你說一聲想要我進去……好不好？」

丁浩趴在那裡不說話。

白斌的手又回到後面，隔著花蕾碰觸兩下。這樣的暗示意味十足，他是希望丁浩主動求他進去。

丁浩很想回頭一腳踹在他臉上。白斌現在的要求越來越古怪了，丁浩覺得不能再寵他，再這麼下去，以後肯定還會有更多要求。他也不回頭，頭埋在枕頭裡悶哼一聲，「不好！」

白斌喔了一聲，慢慢去扯被卡在後面的保險套。不知道是哪個牌子的，觸感格外細膩。白斌剛才插得不深，但是這東西卻卡到很裡面，往外抽動的時候有奇怪的酥麻感。

丁浩不安地往前躲了一下，可是也加快了那東西的抽出速度，蹭過敏感點、拔出來的時候丁浩不爭氣地顫了一下，埋在枕頭裡悶哼了一聲。

「拿出來了，換我的進去了，嗯？」白斌貼過來舔了舔他的脖子，在肩膀上吮出了兩顆草莓。

夏天就是沒有冬天好，冬天的時候哪怕是親在脖子上也可以。

丁浩還是不說話，但是略微點了一下頭。

白斌笑了，今天就暫且讓步到這裡吧，來日方長，以後還有的是機會，能慢慢讓丁浩說出那些他想聽到的話。

白斌的潤滑做得很到位，之前又玩弄了半天，現在丁浩的後面早就濕透了。白斌扶著自己的，很順利地進入裡面。丁浩的技巧也變好了，最能體現出來的一點就是他在逐漸適應接納著，白斌進來的時候，都會下意識地放鬆呼氣。

這讓一進來就被嫩肉裹住、糾纏的白斌舒服得嘆息一聲，「浩浩，你咬得好緊……」知道是丁浩包裹住自己的這種溫暖，讓白斌覺得心都被填滿了，哪怕只是停住不動，也忍不住一陣一陣地脹大。

丁浩不滿地嘟囔了一句，手也握住了白斌放在他上面的大手，加把勁地撫慰自己，完全不吃虧。

「浩浩，我想你……好想……」

白斌伏在丁浩身上，先緩緩地抽送了兩下，看到丁浩那裡完全被濕潤弄軟了，動作大一些也不會受傷，這才放心地抽送起來。

丁浩被他撞到往前聳動不止，夏涼被上繡著絲線花朵，微微不同於柔軟的被面，每每蹭過去都會帶來快感。白斌幫他擼動的時候，頂端就會被這種細小的敏感刺激到，丁浩忍不住自己挺高了腰，讓腹部往下貼著那裡，蹭了幾下。

白斌被他主動挺起來的腰弄得神魂顛倒，立刻多加了一隻手，上前一起握住丁浩的，服侍得周到體貼。丁浩的後腰被白斌狠狠壓住，凶猛地進出，連帶挺高的尾椎骨都能蹭到他下身的毛髮，廝磨之下，被磨蹭的屁股都開始微微發紅。

這種感覺讓丁浩感到很新奇，腰部也跟他貼在一起，扭動不休。

白斌抱著他側身，插在裡面，一面享受，一面跟他接吻，這個習慣不知道是在什麼時候養成的，好像最難耐的時候不接吻，就不能體會到激動的心情一樣。

「哎喲……白斌，你……你慢慢來……嗯……」

丁浩抱著枕頭，被白斌撞得幾乎說不出話來。後面發出讓人臉紅的水澤聲，連續不斷，連他自己都要咬住嘴巴才能忍住，不跟著發出聲音。

白斌在裡面攪動了一陣子，又開始深入淺出，總之就是埋在裡面不肯出來。丁浩被他弄到肚子發脹，後面也被摩擦到發燙了。他怕白斌拖太久了會痛，使壞地動了動腰，連後面也生澀地微微收緊，縮緊小腹，做了幾次吸氣的動作。

這樣果然很管用，白斌最後的享受時間沒有了，俯身衝刺起來。粗大把丁浩的後面頂得濕黏黏的，丁浩有一段時間沒做了，認真做起來還是有點受不了。

「輕一點……白斌，你、你是不是又變大了……嘶……太硬了，你慢慢來……嗯……」

被蹭到內部最敏感的突起，緊貼著摩擦、抽動的火辣感讓丁浩連腳趾都用力彎起……

「唔……那裡……啊……嗯……」

逐漸累積的酥麻快感讓丁浩覺得自己隨時都有可能到臨界點。白斌扭過他的下巴，把他的喘息含在嘴裡，整室只剩下模糊不清的曖昧哼聲，與肉體進出撞擊的聲音。

白斌做了個痛快淋漓，最後覆在丁浩背上，深深地插在裡面，噴出了熱液，像是占有，又像在標上自己的印記。丁浩的雙腿大大張著，已經被他幹到有點發抖了。

白斌還貼在後面，親了親他的耳朵，「很棒，比以前都舒服！」

丁浩累得不停喘息，沒好氣地翻了個白眼，「你哪次不是這麼說的？」

白斌笑了，拔出自己的東西，拿紙巾幫丁浩和自己擦拭下面。

大概是有一段時間沒做了，乳白的液體積了很多，正順著方才注入的地方往外流。白斌只拿紙巾在周圍擦了兩下，又試著讓液體不再流出來，他想讓小孩身上多沾染一點自己的味道。

丁浩用腳踢他，聲音都沙啞了，「白斌，你夠了啊！」

他被弄得滿身黏糊，因為白斌只戴過保險套一陣子，之後新鮮感過了，又恢復成以往的「赤裸相見」。這樣雖然也很舒服，但是做完後麻煩很多，體內的黏膩感讓丁浩羞得發慌。

白斌抱著他去洗澡，一起在床上隨便吃了點東西，丁浩沒過多久就又睡著了。他是真的累了，因為白斌是往前，他是往後，一直這樣扭，比出去跳舞一整晚還累，這完全不合生理構造啊！

白斌只陪他閉上眼睛，瞇了一會兒。他昨晚睡得不錯，這時候也睡不著。看到丁浩睡得香甜，也只是想多摟一會兒，再多親近一下。

他看到丁浩真的睡熟後，又悄悄起來去了廚房。

他要去熱飯熱菜，丁浩只吃了餅乾，對胃不好，等一下中午起來還是要喝點粥之類的會舒服一點。

丁浩中午時被自己的手機吵醒，閉著眼睛在床頭摸了半天才接起來，連是誰打來的都沒看清楚。

「喂……？」

那邊的聲音也是有氣無力的，『丁小浩，老子被你爸揍慘了……』

丁浩聽到他的聲音，立刻清醒過來，又仔細確認了一遍手裡的電話號碼，「李盛東？」

那邊嗯了一聲，鼻音很重，估計還沒從那兩場施暴中緩過來。

丁浩笑了，「活該！誰讓你壓住我扒我的衣服！」

李盛東聽到他提起這件事也很鬱悶。

『靠，你還說！我不就是看了兩眼嗎？都付出應有的代價了，先是你爸揍一頓，接著又挨了白斌的毒打……』聽到丁浩在那邊笑，李盛東心裡不平衡，『我虧死了！還有，你差不多得了，有完沒完啊？一直找我麻煩！』

丁浩有點納悶，「什麼有完沒完？我沒找你麻煩啊……」

李盛東在那邊想罵又不敢罵，牙齒咬得喀嚓作響。

『丁浩，你玩夠了啊！實在不行，老子讓你看回來吧？你叫白斌別再弄我了，媽的，我這邊剛跑一趟運輸，白斌就讓三市兩區合夥起來，一個一個路口查，老子的牌照上刻著「超載」嗎！』

丁浩唔了一聲，他有點不清楚這件事是不是白斌幹的，說不定是他爸，白斌不太像這麼小氣的人。他想了想又追問：「所以你超載了嗎？」

李盛東的火氣還很大，『廢話！不超載我能賺錢嗎？啊？你去路邊隨便找個油罐車問，除了空車的，哪個不超載啊？』

丁浩覺得李盛東被罰款是小事，這種人都該被抓起來，這種行為太壞了。丁浩的聲音嚴肅起來，「李盛東，怎麼可以違法亂紀呢？」

李盛東恨不得順著電話線撲過去咬死他！這哪算違法亂紀啊？一輛油罐車本身就將近三十噸了，再怎麼隨便裝也是上百噸，你設個七八十噸的標準，是要人拉底盤出去逛嗎？這他媽夠抵油錢嗎！

李盛東跟丁浩解釋了一下，難得用了幾個專業術語。他跑運輸用的都是好車，清一色都是國外弄過來的，載重強，平衡好，安全係數高。但是路面不歸他管，只要你裝多了，不管車子好壞、容不容易出事，照樣要罰。

丁浩抱著被子翻了個身，在被窩裡繼續跟他打哈哈，「喔，原來運輸的門道也滿多的，辛苦辛苦。最近也沒聽說交通局要修大樓啊？怎麼查得這麼嚴……」

李盛東呸了一聲。

『丁浩，你少扯東扯西的！你別幫白斌了，還交通局呢，我都查出來了，這件事就是姓白的人下手的。媽的，港口上的那堆黑車不查，老子有牌有照的，竟然查我……還有，憑什麼罰他們是五十塊，到我這裡就要兩百啊！』這才是李盛東的心聲，這分明是咬自己人！

丁浩抓了一下腦袋，「要不然我等等幫你問問……」

他聽出李盛東是真的急了，估計是白斌這邊查得太嚴了。海運轉陸運這種東西，一旦中間查車，卡住後接不上的損失的確很大，也難怪李盛東會打電話來找他。

李盛東嘟囔了一句什麼沒聽清楚，語氣倒是和緩了不少：

『丁浩，要是我自己搞運輸，也不至於心急火燎地打來找你，不過是賠一點錢的事，關鍵是這次我們這群人弄了一船的油，等著往外運……』

丁浩有點疑惑，「你在哪裡弄到油的啊？」

李盛東倒是很老實，全說了，『在我們市的港口碼頭，這邊復航，我們弄了一艘五萬噸的小船運油……』

丁浩明白了，李盛東是趁著復航的機會撈了一筆。

「你要送到臨市化工園區？活該！長眼睛的人都看見了，你弄了一船的油，一路上非把你活生生撕下一層皮不可！」

李盛東呿了一聲，『我不管！你至少叫白斌把罰款給我恢復成原樣，憑什麼罰我是他們的四倍啊！』

「廢話！你拉的東西都不只比他們值錢四十倍了！」

『屁！沒人這樣算的！』

白斌也被他們的爭吵驚動了，綁著圍裙就從廚房裡走出來，「浩浩，怎麼了？」

丁浩捂著電話，又跟李盛東說：「以後再說吧！」

李盛東冷不防聽見丁浩要掛電話，還沒反應過來，『什麼？喂！喂喂？丁浩你……』話還沒說完，丁浩就掛斷了。

白斌站在門口，手上還拿著長勺。他在廚房煮完粥，聽見丁浩這邊有聲音就過來了。

「李盛東打來的？在問運輸車隊的事吧？」

「對！」

丁浩立刻狗腿地貼過去，還把手機打開，讓白斌看了一眼。

「是他先來招惹我的！我覺得他這是以公事為藉口，想私下找我和解，不過被我一下拆穿了陰謀詭計，我不會上當的！他就算被罰光了家底，我都不會同情他！」

丁浩又想起那一船油，心痛得很，要是他早畢業兩年，這船油肯定是他的！都夠吃喝好幾年了。

他這邊是有了地利人和，無奈天時不爭氣啊。丁浩打從心底期盼著早點畢業，他覺得鈔票正在向他招手。

白斌對他的討好很滿意，不過也沒仔細看丁浩的手機。他覺得要給丁浩一點私人空間，侵占地盤也要有所分寸，他摟過丁浩的腰，親了他額頭一下。

「飯已經煮好了，我去熱一下菜，你收拾一下就出來吃吧。」

丁浩對飼主的回應很明確，摟著白斌的脖子使勁地親了一口，發出響亮的聲音。

這死小孩臉上也笑開了花，左邊的酒窩更是討人喜歡，「白斌萬歲！！」

白斌捏了他的鼻子一下。

飯桌上三菜一湯，分量不多，但也夠他們兩個吃了。

白斌繼承了家裡的優良傳統，絕對不浪費食物，同時也從吳阿姨那裡學到了拿手廚藝，做的飯色香味俱全。芙蓉蛋、馬鈴薯排骨、油菜金針菇，還有一個炒時蔬，兩葷兩素，搭配得剛好。

丁浩面前擺著一碗粥，白斌也盛了一碗陪他一起喝。看他只動排骨，不吃綠葉菜，又夾了一筷子放進他碗裡，「不許挑食。」

丁浩不敢反抗大廚，老老實實地吃掉了，不過筷子往排骨那邊伸的次數明顯最多。

丁浩啃了幾塊排骨，這才慢慢有時間去想別的事。白斌如今帶得出廳堂、入得了廚房，尤其是每逢吃飯時間的時候，更是有著重要的家庭地位，丁浩覺得自己有必要對大廚進一步反省一下自己的交友問題。

「白斌，我覺得這件事你做得很好，李盛東這孫子就該罰……」

白斌挑起眉毛，「不是我做的。」

丁浩啞了火，嘴巴張了張，也跟著皺起眉，「那……是我爸？」

丁遠邊心眼小，光是丁浩就能看出來，絕對是有仇必報型的。復航時主導工作的人肯定少不了丁遠邊，要陰李盛東一把太容易了。

白斌回答得很快，也很簡短，「不知道。」

這跟承認了有什麼區別啊！丁浩覺得丁遠邊這次做得真不光彩，怎麼能跟晚輩計較……一不小心就被嘴裡的骨頭磕到了牙，丁浩吐出那塊碎骨頭，連呸了好幾下。

白斌看到丁浩很在意，想了想還是告訴他了，語氣雖然跟剛才沒什麼兩樣，可是眼神卻在留意丁浩那邊。

「運輸這塊動不了多少，連個零頭都動不了，你不用擔心。」

丁浩喔了一聲，端著碗喝粥。

粥剛入口，白斌又不緊不慢地說：

「我沒動他運輸這塊，只是查了他的油品。他報的油品規格低了兩個數值，等他運完後再發文補款。」

丁浩的一口粥差點沒噴出來！

這比他爸狠多了，差一個數值，之後罰款都要八位數吧？

丁浩默默接過白斌遞給他的紙巾，他覺得還是先別告訴李盛東這件事，讓他高興兩天再說。萬一刺激到他，李盛東又做事不分輕重，恐怕會把船扔在港口不要了。

市政府的那群老頭果然厲害，吊著肥肉在李盛東前面讓他追著車跑，辛苦一場，到頭來也真的只能得到跑腿的辛苦錢。

李盛東最後果然只得到了辛苦錢，那陣子真的恨不得每小時都打一通電話給丁浩！他小看了白斌的陰險，白斌不知道對商檢的那群人說了什麼，硬是把他檢測出低了三個數值！

這他媽也太欺負人了啊，他一共也只少報了兩個數值，怎麼變成三個了？一群混蛋！

李盛東逼不得已，又從國外傳了一份證明回來，確定的確是M100的型號，數值也變回原樣了。

補完錢後，一點油水沒撈到。老外在這邊一般都不會動手腳，兩邊一核查，數字都動不了。李盛東這次是想發點橫財，沒想到財沒發到，還差點被人削了一刀！這也只勉強讓他喝了口湯啊，真真正正地賺了一回辛苦錢！

這次讓李盛東委屈得很，翻來覆去地騷擾丁浩，直到有一次被白斌接到電話，那邊還很客氣地問：『李盛東，你有什麼事？』

李盛東如今聽到白斌的名字，就渾身不自在。

他很少被人窩窩囊囊地揍一頓，白斌做到了，把他按在菜棚裡飽以老拳；他很少被人欺負了也不討回來，白斌做到了，他這次被白斌罰到臉都黑了……總之，李盛東接到這通電話的時候，語氣跟平時不太一樣。

「白斌，我是……是打給丁浩，問問他最近在忙什麼。對了，我剛弄到了兩瓶紅酒，有改善血管、睡眠什麼的作用，改天送去給你們嘗嘗吧？」

白斌在電話裡的語氣一直很平淡。

『謝謝，我覺得只要你不半夜兩點打電話給他，不需要紅酒就可以睡得很好。』

李盛東跟白斌話不投機，說沒幾句就掛了電話。他在白斌那邊碰到了軟釘子，心裡更是窩火。

旁邊都是跟著他混的酒肉朋友，沒幾個能靠自己的本事吃飯，李盛東在他們之中還算好的。他的臉一黑，會看臉色的人連忙拿酒過來，幫李盛東倒了一杯。

「東哥，別氣了，我們喝酒、喝酒！」

李盛東一巴掌把他的酒推翻，挑起眉毛，「誰他媽喝這個！去，把我存在櫃檯那裡的兩瓶紅酒拿來，老子不送人了，自己喝！」

那個人被潑了一身酒還不敢耽誤，立刻跑出去拿酒。

李盛東的臉色有點嚇人，那雙三角眼往下一垂就讓人覺得他整個人陰沉沉的。再加上這兩年李盛東玩的手段都很硬，旁邊玩鬧的人也不敢太大聲，小心地看他臉色。

李盛東跟丁浩一樣，心煩的時候都愛往熱鬧的地方去。丁浩是跟別人一起玩，出出汗就好了，但他不一樣，他心情不好的時候喜歡鬧中取靜。現在旁邊安靜了，他更心煩，踢了前面的矮茶几一腳，「玩你們的！往這邊看什麼？找打啊！」

那邊的一群人被他嚇得一顫，回過頭去，該唱歌的唱歌，該喝酒的喝酒，也有摟著妞親熱的，但都不如之前自在。

有一個人跟李盛東很好，是工程師出身，大家都起鬨叫這個人王工。

王工的年紀比李盛東身旁的那群人大，三十多歲的樣子，也是下海自己辛苦了幾年賺到了家底，李盛東對他還算客氣。他知道李盛東在為了那船油沒賺到而生悶氣，湊過來跟李盛東碰杯，勸了兩句：「小老弟，你這就不對了，大家湊在一起玩個高興，和氣生財嘛！」

李盛東跟他碰了杯子，一口喝掉了一大半，王工也笑呵呵地陪他乾了一杯。

李盛東看了他一眼，這個王工之前一直鼓吹他去A市，在A市牽線的人也是他安排的，李盛東還打電話給丁浩，通知他要去找他玩。後來市裡在搞復航，他被那船油蒙住了眼，想吞掉這筆大筆的才一直拖著沒過去。現在想想，當初還不如去A市發展，至少也不會卡在白斌手上。

果然，沒閒聊幾句就往A市那邊扯。王工趴在李盛東耳邊又嘀咕了半天，無非是幫他分析現在的市場，卯起勁來說A市的好處。

王工也知道李盛東的教育水準不高，不跟他講那些大道理，只說優點，真的是說得比唱的好聽。

「……你看，化工其實很簡單，不過就是建個工廠，拿水兌點原料嘛！電解海水製鹽你知道吧？我們背靠大海，這一本萬利的生意比跑運輸賺多啦！」

李盛東也不傻，從菸盒裡拿出一根菸叼在嘴上，斜眼看他，「弄出來是不難，你能保證都賣出去嗎？」

王工不說話了，從口袋裡掏出打火機湊過去，幫他點上，看著李盛東的表情，也猜不透這個人是怎麼想的。他手裡資金不夠，很希望李盛東跟他合作，但李盛東的態度不冷不熱，讓他心裡也沒底數。

李盛東噴了口煙，心情好轉了一點，又自己繼續談搞化工的事，「弄什麼鹵水、燒鹼的，別人也跟我提過，小打小鬧的，沒意思。」

王工心裡緊了一下，他沒想到李盛東知道這些，只是心下一轉，立刻又擺出笑臉。「是是是，這東西在大工廠裡都是附加產品，呵呵……」看到李盛東還是不顯山露水，他有點急了，又試著建議，「老弟，不如我們近期去A市一趟？這邊的花樣都被你玩過了，呵呵，也該多方面發展一下。」

李盛東也幫王工倒了一杯紅酒，舉著杯子，示意他繼續說。王工比較了解化工這方面，具體地跟李盛東講解了一下。

化工這塊還是很有賺頭的，只是前期要投入的資金太大，也需要地皮建工廠，汙水處理的費用也是一筆大數字。

李盛東偶爾插兩句話詢問，問的都是重點。王工聽到有點心驚，原本想占便宜的想法也淡了，他資金少，現在這邊的生意人脈也是依靠著李盛東，還是老實一點為妙。

李盛東表面上看起來粗野，但心裡算盤打得很精細，他覺得王工說的有幾分道理，現在化工是比較賺錢的。

「行，你去聯繫吧，地皮我出，前期建設的資金一人先出一半吧。」李盛東也不傻，扔個石子也要能聽到響聲，資金對半出，到時候廠房蓋起來，這個姓王的要是敢耍賴就直接扣他廠房，大不了反手就全賣掉。他這邊心裡有了底，也就把話說明了，「要弄就要弄大一點，我覺得油品是個不錯的買賣……」

王工手裡的資金也只勉強夠付半船的油錢，聽到李盛東這麼說，嘴裡有點發苦。這件事要是成功了，他是能賺到錢沒錯，但也等於是被李盛東僱用。尋思一下，還是咬牙答應。

「好，那就弄油品！」

王工把所有身家都壓在李盛東身上，對他說起話來也格外小心。李盛東左耳進右耳出，也不知道聽進去了多少。

第一瓶紅酒早就喝光了，過了一會兒，第二瓶也喝了一大半，摻著別的洋酒一起喝。幫他倒酒的人怕他醉了，又端了一杯冰水過來，李盛東拿著玻璃杯晃了兩下，裡面的冰塊發出碰撞的聲響，透過杯子看去，桌上那瓶紅酒的顏色更是透著血色的發黑。

李盛東瞇著眼睛看了一會兒，也不知道想起了什麼，嘴角有點上揚。

「靠，老子當初要是知道有今天，就不會把丁浩也扔到水裡了……」

耳邊喧嘩的人聲有些模糊，像攪成一團似的塞進耳裡，連對面幾個人的笑聲都不真切。李盛東覺得自己快醉了，可是偏偏又很清醒，都能想起很久之前的事。

他還記得丁浩小時候最愛跟他屁股後面玩，被打哭了也不跑，一直跟著他。他心軟了，剛想回頭摸摸他的腦袋幫他擦眼淚，這兔崽子立刻就抓緊機會，冷不防地張嘴咬人。那一嘴有夠狠，他的大拇指到現在都還有一道疤呢……

再後來，白斌就來了，丁浩不再跟在他屁股後面哭著鬧著說要跟著自己。那傢伙變了很多，要不是那改不掉的狗脾氣，他幾乎快認不出來了。居然變成了人模人樣的菁英人士，還他媽一本正經地上了大學，呵！

他以為丁浩會跟他混很多年，很多年啊。

居然，就跟白斌那畜生走了……

李盛東摸了一下右手的大拇指，關節處微微凹進去一小塊，像是個牙印。他摸著那裡，忽然又想笑，大概真的是喝多了，洋酒的後勁強，他竟然連這種芝麻小事都能想起來。

李盛東回過神來，看到旁邊的人一直端著杯子等著，也大方地跟他碰了一下，不過祝酒詞有點不倫不類。

「幹！」

李盛東喝光了一杯酒，眼神都變暗了，他用一句心裡話結束了這場酒局。

「靠，我就知道姓白的從小就不是好東西！」

陪他喝的人也醉了，這時候也聽不清楚李盛東在說什麼，呵呵笑著，又去跟別人碰杯，繼續喝下一輪。

李盛東歪在沙發上，看著自己身邊群魔共舞，瞇著眼睛不知道在想什麼。右手的拇指動了兩下，抓緊，又放開。

◇

白露上大學時，丁遠邊去看了丁浩一次。

這死小孩經歷過上次在李盛東家的事之後，就嚇得一直不敢回家。丁遠邊左等右等也不見丁浩回來拿學費、生活費什麼的，他嘴上不說，心裡也很不是滋味。

他也知道自家兒子是什麼德行，丁浩會闖禍是一回事，但是從不做沒意義的試探。倒也不至於說他有主見，這孩子就是懶，壓根就懶得去做自己沒興趣的事。丁浩一直沒回家也不打電話回來，態度擺明了就是默認。

丁遠邊也從一開始的生氣緩過來，想了半天，覺得丁浩這會不會是身體上的疾病？剛上幼稚園的時候，還有見過他掀女孩的裙子、拍人家的屁股，這喜歡男人的病應該不是從娘胎裡帶出來的吧？

丁遠邊厚著老臉皮，跑去市圖書館查了半天，還真的找到了幾本是講這個的。其中一本說了，這是生物遺傳問題，講了一堆XY染色體。丁遠邊覺得這是胡扯，他不是同性戀，怎麼能生出一個同性戀來？

又換了一本，這本講的比較有道理，說是幼年孤獨、心理畸形、被家人傷害、被異性朋友傷害、自己認為受到傷害……

丁遠邊的嘴角抽了抽，他覺得丁浩跟這些都沾不上邊，這兔崽子不傷害別人就不錯了！

最後一條引起了丁遠邊的注意——受到同性的騷擾。

丁遠邊猛然就想起了李盛東，他那天進去之前，不是聽見丁浩在抵死反抗嗎？對，一定是李盛東騷擾了他兒子，然後丁浩就同性戀了！他覺得上次卡李盛東的車隊卡太輕了，應該進出都雙向收費才對，一車一趟四百，路過其他市區、地界另計……

這、這也不足以平他心頭之恨啊！

丁遠邊在圖書館抓著書，咬牙切齒半天，最後又去了醫院，他想把丁浩的病治好。

他不敢去當地的醫院，特地在去A市的路上找了一間大醫院，摀著臉問醫生。

但人家指了指對面，「這不是身體上的毛病，您不該來泌尿科，您該去心理科看看，這不歸我們管！」

丁遠邊一張老臉通紅，「可是，翹起來的事不都歸你們管嗎？」

第四章　父子談心

醫生也有點不好意思地說：「正常情況下是這樣沒錯，但問題是您不太正常……不，我的意思是，咳，您這是心理上的不能認同女人，跟身體沒什麼關係。」

丁遠邊聽懂了，又轉戰心理科，這邊很清閒，不用排隊就輪到他，單獨進去一間小房間跟醫生交流了一下。幫他看病的是個老頭，帶著一副老花眼鏡，遠遠看過去像睡著了，說話也有點慢，「喔，你是說性取向的問題？」

丁遠邊有點拘謹，聽見他這麼問就點了點頭。

醫生有點不滿：「你這麼大的人了，怎麼現在才發現啊？之前有過什麼問題嗎？青春期的時候，有沒有覺得自己哪裡跟別人不一樣？觀察過同性的下體嗎？」

丁遠邊的一張老臉實在繃不住了。

「醫生，不是我，是我兒子……他好像喜歡上男人了！我想開點藥回去幫他治療一下，您看，這會不會是什麼神經上的毛病？」

醫生搖了搖頭，聽他這麼說，一點也不驚訝，「這得先問清楚，藥可不能亂吃。」

丁遠邊覺得這醫生真負責任，坐在那裡諮詢，最後還發了一張題目讓他寫，像在考試，還有規定時間。丁遠邊黑著臉把那份選擇題寫完了，剛交過去，這老頭又遞給他一張白紙：

「來，在這邊畫棵樹。」

丁遠邊有點崩潰，他實在沒體驗過這種看病法，又猶猶豫豫地問：「醫生，您讓我又寫又畫的……我兒子就不喜歡男人了嗎？」

老頭笑了，「急什麼，我不是在找病根嗎！」

丁遠邊低頭畫完了樹，這才琢磨出那個醫生剛才的意思——難道他就是丁浩同性戀的病根？

醫生拿著丁遠邊的畫看了半天，對他這簡單的蘋果樹很無奈，「你一直都這樣畫樹？」

他對這簡單的畫很有自信，當年還是他手把手地教給丁浩，騙他喊了幾聲「好爸爸」。

「是啊，我畫得不好？」

醫生嘆了口氣，「不是，你畫的這個太好了，像是從印表機裡印出來的一樣，我都看不出你內心的想法。」

沒什麼希望能從丁遠邊畫的樹上找到突破口了，醫生又拿起丁遠邊寫的那份試題看：

「小時候，孩子不在身邊？」

丁遠邊想了想，「不，也算，就是從小住校，這都要怪我們工作忙，也沒空管他。」

醫生又問，「你知道他有從小一起玩，又特別要好的朋友嗎？很親近的同性或者異性，有嗎？」

丁遠邊滿腦子是李盛東扒下丁浩衣服的畫面，火氣直竄，「有一個！他們是從小一起長大的，那孩子本身就是同性戀，就是他把我兒子帶壞的！」

醫生把丁遠邊提供的資訊記錄下來，又問了幾個小問題，丁遠邊一一回答後，醫生認真地想了半天。

「按照你說的，這可能是從小在長輩那裡長大，周圍又都是女性，難免寵愛過度……」

丁遠邊補充了一句，「我不寵他，我每次見到他都修理他！」

醫生看了他一眼，又把後半句念完，「與父親接觸不多，每次接觸都沒有安全感，缺乏父愛……」

丁遠邊閉上了嘴。

聽著醫生說了一堆要注意家庭溫暖、家庭成員互動要增加、多讓孩子跟異性接觸的話，丁遠邊點頭答應下來。

「那要不要也帶他來這裡，治療這個、這個心理疾病？」

醫生搖了搖頭，「千萬不能急，你回去好言好語地跟他說話。記住，不能提『同性戀』三個字，他們這種年紀正是敏感的時候，而且性取向不正常的人……」

丁遠邊再次打斷他，「我兒子不一定就是同性戀……」

醫生瞪他一眼，「你看看，你這種強勢的態度，你讓孩子怎麼跟你交流？」

丁遠邊的嘴巴張了張，還是閉上了。

這次沒拿藥，丁遠邊心裡不踏實，磨磨蹭蹭地不肯走。他覺得很有可能是丁浩的腦袋裡有哪根筋不對，神經出了問題，「醫生，這真的不是神經上的毛病嗎？要不然，您開點藥給我帶著吧？」

那個醫生覺得丁遠邊才是神經緊張，不開藥就不肯走，最後被他纏到只好開了一點放鬆神經、保證睡眠品質的中成藥給他。

丁遠邊拿了藥才覺得踏實，離開醫院就去A市找丁浩。

丁浩正在實驗室幫忙弄器材，手機響了兩遍才聽見，看到來電顯示是丁遠邊，接起來的時候聲音都有點發顫，「喂，爸？」

丁遠邊也咳了一下，清了清嗓子才開口，『我這次出差正好路過Z大，那什麼……你有空就出來一下。』

丁浩連連答應，「有空有空！您在哪裡？我現在就過去。」

丁遠邊說了一個位址，是學校附近的一個小茶館。丁浩跟老師請了假就跑過去，進去後一眼就看見坐在窗邊的丁遠邊。丁浩看到他爸多了好多的白頭髮，覺得他一下子老了。

他坐到丁遠邊對面，先倒了一杯新的熱茶，放在丁遠邊手邊，「爸，我……」

丁遠邊擺擺手，不讓他繼續說下去。

「我這次來，就是想看看你過得好不好，還有，你的學費我都轉到你的戶頭裡了，生活費夠不夠？我這邊帶了現金，等等給你。」

丁浩坐在那裡，聽著丁遠邊絮絮叨叨地念了半天，一點也不覺得煩，最後還咧嘴笑了。

丁遠邊敲敲桌子，丁浩不但不收斂，還越笑越開心，最後他敲了丁浩的額頭一下，丁遠邊也被他氣笑了，「小兔崽子！」

丁浩自己揉了揉額頭，笑容不減。

「爸，您是特意來看我的吧？我跟我媽講電話的時候，也沒聽說你最近要來這裡出差，嘿嘿。」

丁遠邊有點吃醋了，他這半年白擔心了，好吧，一家人都聯合起來瞞著他。

「你跟你媽倒是很常聯繫啊？」

丁浩立刻搖頭，「沒有，就那天通了一次電話。」

丁遠邊又跟丁浩閒聊了幾句，重點關心了一下他的學業跟交友狀況，聽到丁浩提了幾次白斌也沒多想。丁遠邊覺得丁浩跟李盛東的事還沒扯清楚，估計不會跟白斌有什麼糾葛，況且白家的教育多先進啊，哪會任由他們這樣亂來。

談了半天，他臨走時留了點錢給丁浩，也把剛才開的那包藥給丁浩。言語含糊地叫丁浩記得按照說明吃，千萬別忘了。

那袋藥包裝得十分結實，遠遠看就像是一個包裹，丁浩都看不出來裡面是裝什麼。丁遠邊的態度一放軟，要他吃什麼都可以，因此丁浩接下那包藥包，滿口答應下來。

丁遠邊看到丁浩這半年住在外面都沒有變瘦一星半點，也就放心了，略微停留一下就回家去了。

丁浩還很高興，他發現丁遠邊很敏銳地避開他跟李盛東的事不提，這是不是也是一種程度上的默認？丁浩樂觀地認為，再給丁遠邊一些時間，他就能接受自己性取向的問題，到時候跟白斌在一起的事就好開口了。

而丁遠邊回去的路上也很樂觀，他覺得說不定丁浩吃完那包藥，就好了。

在丁遠邊的默許態度下，丁浩的日子過得很舒心。

丁浩那邊有徐老先生罩著，念書也順心了許多，大二的通識課變少了，時間也變多了。白斌倒是更忙碌了，這個時候，他在學生會的工作已經差不多交接出去了，主要是在忙著為以後的仕途打下基礎，站穩腳步。

白老爺子的意思是先從辦公廳做起，跟著長輩學習兩年。白斌選擇留在A市，白老爺子在電話裡沉默了一下。

『是不是因為丁浩要在那邊上學，你才會這樣選擇？S市有什麼不好？進軍部辦公廳也可以嘛！』

白斌笑了，「爺爺，您在想什麼呢！您是從A市出來的，我又在這裡讀了幾年的書，環境都熟悉了，您之前安排的，不也是要我直接留下來嗎？」

白老爺子哼了一聲，『真的不是為了丁浩？』

白斌想了想，「那只是其中一個原因，我留下來也有自己的打算。」

白老爺子嘆了口氣。

『白斌啊，你……認定他了？』

聽到白斌過了半天才回答一聲是，白老爺子的心情更複雜了。

『丁浩就那麼好？』

白斌又笑了，「他可能會闖禍，要是沒有我在旁邊看著，還不知道會發生什麼事呢。」

白老爺子也聽懂了，白斌是鐵了心要跟丁浩在一起。他也很清楚白斌的秉性，沒把握的事從不說出口，白斌敢跟他攤牌，肯定已經做了萬不得已的打算。

白老爺子不忍心把苦心栽培這麼多年的好苗子折在成樹前，他這半年也差不多想通了，白斌難得有個喜歡的，就隨他去吧。無非是有沒有孩子的問題，家裡好歹還有白傑跟麗莎，實在不行，等以後白傑成家了，過繼一個孩子給他們也可以，不過這都是要過多少年再想的事。

他勉強地應允了，『白斌啊，以後讓浩浩也叫我爺爺吧……』

白斌小心地問：「爺爺，您的意思是？」

白老爺子咳了一下，硬著語氣說白了：『他都叫了十幾二十年，以後也都這樣叫吧。』老人好面子，也不等白斌說話就掛斷了。

掛斷電話後，白老爺子又開始惆悵。他這邊還有兩個孫子，但丁浩家只有丁浩那個孩子吧？讓老丁家斷了根……人家願意嗎？

白老爺子考慮得很周到，他覺得有必要提前跟丁家打聲招呼，但是不著急，再看看吧。

而丁遠邊不知道白老爺子把主意打到了他家兒子身上，他壓根就不敢往白斌身上想，就算偶爾想起來，也只是擔心丁浩把「同性戀」的病傳染給白斌，萬一把人家白斌帶壞了，他的罪過可就大了。

兩邊家人各有各的打算，白斌跟丁浩也差不多有了自己的想法。

白斌走的是在職讀研的路線，兩邊都不耽誤。而丁浩實在受不了英語的迫害，打從知道考研的英語水準大於六級、小於等於八級，就放棄了讀研的想法。他想先把大學念完，以後的事以後再說。

丁遠邊有一次打電話給他，提過畢業後回家、會幫他安排工作，丁浩沒答應，言語裡透露的意思是他想自己拚，做點生意什麼的。父子倆談了半天，不歡而散。

白斌倒是很支持丁浩的想法，他覺得做點自己喜歡的事會比較積極。

像是丁浩不喜歡背後位，他琢磨了很久才體會出來。

面對面的時候，丁浩很快就會有感覺，但是從背後壓著他做的時候，往往要安撫很久。所以他現在通常都從正面做，丁浩就會很喜歡，還帶起了積極性，這樣他也能跟著享受福利不是嗎？上次的口交就做得很不錯……

白斌面無表情地盯著書，半天都沒翻頁。要不是丁浩因為太累了在旁邊呼呼大睡，否則他一眼就能看出來，白斌這傢伙肯定不是在想什麼好事！

丁浩重讀了一年，比白露、張蒙、丁泓他們大一屆。

白露讀的是軍校，要出來一趟不容易，不過從小女生郵寄過來的相片能看出來，她很適應軍校的生活。一身筆挺的軍裝，前一張還是板正的敬禮，下一張就變成了做鬼臉的動作，從這點還能看出是當年那個討人喜歡的小女生。

A市的大學多，丁泓跟張蒙也來這邊念書了。丁泓考得不錯，是A市有點名氣的大學，不過張蒙在高中估計很會玩，只混到一個高職，掛在那邊讀書。

學校一多，就喜歡擠成一團、緊貼在一起，像商量好的一樣蓋了個大學城。

Z大的新校區建好了，挪了幾個科系過去那邊增添人氣。丁浩跟白斌的科系沒挪，倒是丁泓他們學校的科系大部分都遷了過去，丁泓也去了新校區，張蒙的學校則直接把全校都遷過去了。丁浩有時候會去看丁泓，跟張蒙倒是沒什麼聯繫。

張蒙要來A市時，曾打電話給他一次，說要去Z大看看，丁浩那天有事就沒答應，張蒙在那以後就沒再打過電話。丁浩也懶得跟她解釋，張蒙心胸狹窄，越跟她解釋會越黑。

至於丁奶奶則很常跟丁浩通電話，這段時間打得更勤快了。

『浩浩啊，兄弟姊妹在外面一定要多照應，知道嗎？』

丁浩早上還在賴床，最近白斌都早出晚歸，好不容易有個星期天能一起多休息一下，也就趴在床上接起電話。

「嗯嗯，知道，我下午就去看看丁泓。」

丁奶奶的聲音聽起來很響亮，丁浩覺得他奶奶的身體真好，光是笑聲都能透過電話傳出回音。

『這才乖，你老是悶在學校裡讀書也不好，有空的話就出去走走，多拍點照片寄給奶奶啊。奶奶今天收拾東西，看到你小時候的照片了，唉，我的寶貝浩浩真的長大了，小時候那張臉圓得像蘋果一樣……』

丁浩憋著沒說話，把手機拿遠了一點，怕白斌聽到後會笑他。

但他低估了丁奶奶高興的程度，絮絮叨叨地說了半天，白斌早就聽見了，從後面趴過來貼著丁浩的耳朵一起聽。

『……浩浩，還記得你小時候養的兔子嗎？你抓著兔子耳朵照相，嚇得哇哇直哭，那時候你剛會跑吧？這一晃眼，多少年過去了。喔，還有一張，你剛上小學的時候啊，在校門口跟白斌合照的……』

白斌在旁邊認真聽著，聽到有意思的也笑一下。丁浩不高興了，伸出手臂撞了他一下，回頭跟他比劃口型：不許笑。

白斌低頭親了他一口，看到丁浩臉紅，連嘴角都翹了起來。

丁奶奶從丁浩穿開襠褲嘟囔到丁浩上大學，好不容易說完照片的事，老人嘆了口氣：『浩浩啊，這次放假了就回家吧？你爸爸跟你媽都很想你呢。』

丁浩愣了一下，猜不透丁奶奶這是什麼意思，「奶奶，我爸……他跟您說了什麼？」

丁奶奶笑了，『你爸是一直瞞著，倒是李盛東他媽媽來找我賠罪道歉了，說是他們家東子欺負你了……唉，奶奶老了，有些話也不願多說啦。上次進了一趟手術室啊，奶奶就覺得人活著，生不帶來、死帶不去的，無非就圖個順心、開心。浩浩，你自己的事，你自己拿主意吧。』

丁浩聽完，心跳都快了幾拍，他沒想到丁奶奶會這麼直接地接受了。想到丁奶奶從小對他的好，丁浩的聲音有點沙啞，「奶奶……」

丁奶奶還在逗他，『長這麼大了，哭了還叫奶奶啊？唉，羞羞羞！』

丁浩嘴硬，「我、我才沒哭！」

丁奶奶跟以前一樣哄著他，還當他是個孩子。

『好好好，是奶奶聽錯了。啊，對了浩浩，你去看丁泓的時候，也順路去看看張蒙吧？她一個女孩在外面，家裡怪擔心的。』

丁浩答應後，丁奶奶又囑咐他放假一定要回家，這才掛了電話。

丁浩抓著手機，趴在枕頭上半天沒抬頭，白斌在後面拍了拍他的背，又貼過去親親他。

「奶奶同意了，所以高興得哭了？」

丁浩趴在枕頭上悶聲說了一句，跟剛才回答丁奶奶的時候一樣嘴硬，「我沒哭。」

白斌也不惹他了，抱著他翻了個身，讓小孩趴在自己懷裡，揉著他的腦袋安慰他：

「好了，好了，等放假，我們就回去看奶奶，還有爺爺那邊也要我帶你回去呢。」

丁浩趴在白斌懷裡蹭了蹭，抱著他不放手。

◇

丁奶奶特意囑咐丁浩要跟丁泓他們多聯繫，丁浩就時常打電話過去，偶爾也會過去看看他們。白斌要把車鑰匙給丁浩，讓他開，但丁浩不敢接下來，他對開車還有一點心理陰影，自己一個人出去坐公車也滿好的。

Z大本部這邊有直達新校區的車，交通很方便。新校區有好處也有壞處，好處是設備新穎，周圍的建築也都是新規劃建設的，霓虹繁華；壞處是太霓虹繁華了，容易迷失。

丁浩去看了丁泓幾次，這孩子很老實，每次去了都能找到人，每次都很準。

但張蒙就不行了，丁浩都沒跟她見過面，問了她們班同學才知道她經常出去玩，以前白天還在，現在白天、晚上都不常出現了。張蒙的課也逐漸由必修改為選修，想起來時才偶爾去上課，真的是放出籠的自由小鳥，眼看就要一去不復返了。

丁浩多仔細地打聽了幾句，旁邊的小女生說得很含蓄，但是也能聽出來：張蒙經常進出夜店之類的娛樂場所，樓下也偶爾會有車來接她，每次都不一樣。

丁浩和那個小女生道謝，又去找丁泓。丁泓跟平時一樣，休假都去圖書館，幫忙搬書、整理，做點義務勞動什麼的。丁浩打電話約他出來，沒一會兒就見到丁泓匆匆忙忙地跑出來了，衣服還是工作服。

「丁浩，你找我啊？」

丁浩也不跟他囉嗦，開門見山地問：「你跟張蒙現在還會經常聯繫嗎？」

丁泓來上學的時候也被家裡叮囑過要多照顧張蒙。他起初也常常去看張蒙，但後來張蒙大概是覺得他常常來，像在盯哨一樣，就換了電話號碼，也沒再跟他聯繫了。如今丁浩問起來，丁泓也有點不好意思，抓了抓腦袋跟丁浩認錯：

「對不起，我……我沒看好她……」

丁浩被他逗笑了，「你道什麼歉！這是張蒙自己的問題，不要覺得心裡過意不去，她哪天要是跟人私奔，你也要替她說對不起啊？」

丁泓笑笑沒說話，這才是天生的好脾氣。

丁浩沒從丁泓這邊問出張蒙的近況，更是相信張蒙那幾個同學說的話。張蒙的確是很會玩，不過現在不是她玩的時候。

丁奶奶常打電話來問他們上大學的情況，丁家一下子出了三個大學生，在鎮上引起了一陣議論的熱潮。丁奶奶臉上有光，連帶著對幾個孫子孫女都更加疼愛。

老人之前默許了丁浩的事，雖然嘴裡不說，心裡多少也有點在意，所以丁浩不敢在這個時候出事，讓丁奶奶擔心。

丁奶奶還特意提過幾次，要他們兄弟多照顧張蒙，但張蒙不爭氣，在這個時候惹事不是存心讓老人困擾嗎！

丁浩怕丁奶奶一生氣，血壓又升高，萬一又發作就不是小問題了。

他跟丁泓商量了一下，叫丁泓平時多留意一點，又把張蒙的新電話號碼留給丁泓。

「我打過了，現在她在外地不接電話，等她回來你就通知我，懂嗎？」

丁泓把號碼記下來後，很是驚訝。

「丁浩，你是從哪裡知道她電話的？我問了姑姑，姑姑都不太清楚……」

丁浩哼了一聲，「我就是從姑姑那邊要來的號碼！」看到丁泓還不理解的樣子，乾脆和他解釋：「你照顧的人張蒙都沒有半點自由了，誰知道她是怎麼跟她媽說你的！都合夥起來防範你了……你也別難過，再見到張蒙就打電話跟我，我來修理她！」

丁浩邊說邊磨牙，讓丁泓嚇了一跳。

「丁浩，你要怎麼修理她？別衝動啊……奶奶說不能打女人……」

丁浩瞪他一眼，「我從來就不打女人好不好？你只要盯住張蒙就好，即時通知我，其他的不用你擔心。」

丁泓的學校跟張蒙的離不遠，吃飯都在同一條街上，過個馬路就好了。每天閒著沒事就過去問問張蒙回來了沒，丁浩留下的手機號碼他打了幾次，都沒人接。

一連去了一個多星期，張蒙班上的女生都認識他了，很熱心地留下了丁泓的電話，說張蒙一回來就通知他。丁泓很感謝她，兩人互換了號碼，偶爾也會傳個訊息什麼的。

一晃眼，半個月過去後，終於等來了張蒙的消息——這女孩從外地回來了。根據她分給同寢室的禮物來看，這次去的是雲南那邊，好好放鬆了一把。

丁泓抓緊時間打電話給丁浩，丁浩正在跟隔壁的李夏下軍棋。

李夏眼看著要高三考試了，也不著急，還像大孩子一樣著迷於小遊戲。丁浩也是閒得發慌，白斌出去忙碌，他跟李夏這兩個棋藝差的湊在一起玩得不亦樂乎，現在接到丁泓的電話還有點意外：

「喂，丁泓……哦？張蒙回來了？在哪裡……紅房子？紅房子是什麼地方？」旁邊的李夏聽見了，幫他解答，「是大學城那邊的一個酒吧，也有跳舞的舞廳，很多人過去玩。」

丁浩看李夏知道地方，也不跟丁泓多說，「好！我知道地方了，這就過去！」李夏看到丁浩站起身，還有點失望，「不再下一盤？」他的棋藝太糟糕，除了丁浩，都沒人願意當他的對手。

丁浩現在哪有心情繼續下棋，也打斷了李夏要繼續自己跟自己下的想法。

「噯，李夏，你知道怎麼去紅房子吧？」

李夏點了點頭，「知道，我今天晚上還要去那邊打工。」

丁浩覺得這真是天意，把李夏那盤下到一半的棋子打亂。

「走走走，你會開車吧？白斌的車今天停在樓下，你開車跟我去一趟紅房子！」

李夏就這樣糊里糊塗地被丁浩推出門。他覺得晚上要去打工，現在下午都快過了，早一點去也沒什麼，就帶著丁浩過去了。

紅房子的名字其實很西洋，叫曼哈萊，只是因為樓頂是一圈紅色，大家漸漸地都稱這裡為紅房子。

丁浩一下車就看到了丁泓，那孩子躲在電線杆後面，搖頭晃腦地四處看，恨不得讓人在他臉上貼張紙條寫著：我在偷窺。

丁浩把他揪到車上來，問他：「張蒙呢？」

丁泓指了指那間酒吧，「剛進去沒多久，我只看見了背影，好像是她……」

丁浩叫李夏下車，李夏在這裡打工，對地形很熟悉，萬一等等鬧出事情，帶上這傢伙跑得也比較快。

「李夏，你跟我進去找一個人！」

丁泓也要跟著下車，但是被丁浩鎖在車上。丁泓隔著開了半截的玻璃問他：「我呢？我做什麼？」

丁浩從窗戶扔了車鑰匙給他，「你看車！」

李夏在這間酒吧打工，負責調酒，他媽強迫他把頭髮弄回原本的金髮之後，打工的薪水也提高了。酒吧老闆特意讓他去前面站著調酒，有異國特色的人往往能吸引不少人注目。

李夏一進來，就被在吧檯裡調酒的小哥發現了，「李夏，來了啊，今天有夠早啊！」

李夏也笑著跟他打了招呼，「反正也沒事，就提前過來了。」

調酒的小哥跟他很熟，也趁機問了一下：「我正好有點事想早走一步，你能替我兩個小時嗎？」

李夏很痛快地答應了，「我帶我朋友去轉轉，馬上就回來接班。」

那位跟他比了個手勢，笑呵呵地送他走，「好啊！難得你帶朋友來玩，我等等調個『開心一百』送你們喝！」

李夏帶丁浩去找了一圈，他只對酒吧熟悉，舞廳那邊沒怎麼去過。兩個地方都找遍了，也沒看見丁浩要找的人，只好又帶丁浩又回到吧檯來。

他換上工作服，把剛才調酒小哥友情贈送的「開心一百」推到丁浩手邊，也有點煩惱。

「怎麼辦？都沒找到，我聽說後面好像還有一個包廂，要不要去那邊找找……？」

丁浩對這種地方還算熟悉，知道有些地方需要特殊會員才能進去，有一兩道門禁，管得很嚴實。這地方的環境不錯，想必來的人也不少，他要是辦了會員卡進去，A市就這麼大，沒一會兒就會傳到白斌耳裡了。

他可不想為了張蒙回去被白斌修理一頓，再說，現在臨時辦會員卡也來不及了。

李夏這邊已經答應替人頂班了，也不好再麻煩他。丁浩握著那杯調酒轉了一下，又看了看李夏，忽然想到主意，「李夏，你們休息室在哪裡？」

李夏指了指吧檯右側，「在那邊，怎麼了？」

丁浩跟他打了個哈哈，「我有點累了，先在那邊休息一會兒，我覺得我要找的人既然是從這邊進來的，肯定得從這邊出去不是嗎?你幫我盯著門口，要是有長得很像我跟你說的小女生出來，你叫我一聲。」

李夏比丁浩單純，立刻答應了，「好，你去休息吧，我會幫你看著的。」

丁浩進去小休息室，果然看見了幾件酒吧員工穿的工作服掛在那裡，他翻了幾件，找了合身的勉強套上。

他身上本來就穿著白襯衫，現在套上一件勾著銀線的黑色小背心，把配套的領結也戴上去，深色的褲子在燈光暗的地方也看不出來差異。丁浩想了想，又從旁邊開了一瓶礦泉水，打理了一下頭髮，覺得跟平常不一樣才放下心來。

休息室的角落放著幾個托盤，丁浩也順手拿來用，把剛才開的那瓶礦泉水放在托盤上，大大方方地走出去。現在人漸漸變多了，李夏那邊更是被一幫女人圍起來，老遠就能聽見調笑聲。

丁浩看到李夏沒空注意這邊，從暗處貼著牆，走去舞廳。他剛才跟李夏去找張蒙的時候就注意到了，舞廳那邊有個小門，應該能直通後面的包廂。

丁浩穿著的這身衣服起了作用，到了舞廳門口，人家看到他這身打扮跟托盤就直接讓他過去了。裡面的有錢人喜歡什麼的都有，特地從前面叫來一瓶礦泉水也不足為奇。

丁浩進去之後，才發現這裡面是將一間大包廂隔成一間間小包廂，設計得還滿復古。丁浩皺起眉，這麼多間，總不能一間間找吧？而且門口大多都站了服務生，他一進去，恐怕就會穿幫。

丁浩想著張蒙的心理，這個女的肯定嫌貧愛富，那就往裝飾奢華的小包廂走。找了幾間門口都有人，丁浩也沒停下來，很鎮定地繼續托著那瓶礦泉水往裡面走，沒幾步就看見後面的包廂都沒人站崗。

丁浩帶著碰運氣的想法推開門進去，剛打開門，就聽到一陣喧嚣聲，這邊一群人正在嘶吼著唱歌。

包廂內很寬敞，兩排沙發面對面，幾個長得像老闆的人摟著小女生，正在說笑。丁浩刻意看了一下，裡面有幾個濃妝豔抹的，頭髮都是波浪捲髮，並沒有張蒙那種直髮。

丁浩靠邊站了半天都沒動，這間包廂裡原本負責的服務生湊過來，估計是怕打擾到那邊唱歌的人，還特意壓低聲音問：

「你是負責哪個房間的？走錯了吧？」

包廂裡的光線原本就很暗，那個人只看見到丁浩的制服，沒看清他的臉。丁浩知道這邊都是一個人負責一個包廂，有氣派的會另喊少爺來服侍，也跟那個人一樣壓低了聲音，模糊不清地回了一句，「經理讓我過來送水……」

包廂裡的音效開得太大聲，那邊玩樂的人又在划拳喝酒，服務生也只聽到丁浩說的經理兩個字。他們這一行最怕上頭找麻煩，也不多說什麼，任由丁浩過去把托盤上的礦泉水放到桌上。

丁浩把水放桌上，又趁著收拾桌腳的空酒瓶時多看了兩眼，這幾個女孩裡沒有張蒙。丁浩隨便拿起一個空酒瓶就放在托盤上，小心地退出去了。那個服務生回頭看了一眼，只看到丁浩低著腦袋，也沒多注意。

丁浩故技重施，用這個招數進了幾個包廂。越往裡面，包廂服務生越少，有幾次還遇到幾對在忙的，連親帶摸，實在不好辨認。丁浩鬱悶地出來了，他覺得那個聲音不是張蒙，而且張蒙也不會叫床都叫得一口港臺腔吧……

想起剛才那個甜得發膩的聲音，丁浩還忍不住顫了一下。他以前好像也很喜歡這種類型的，現在不知道為什麼，聽見就起雞皮疙瘩。

丁浩下午時一直都在跟李夏下棋，喝了一大壺茶，來不及上趟洗手間就匆匆忙忙地趕過來，尋找了半天，有點憋不住了。

旁邊有個洗手間，丁浩才剛進去方便一下，也有人走進旁邊的隔間，這邊除了走廊，也只有洗手間還安靜一點，能聽見聲音。

丁浩聽到隔壁間的人大著舌頭接起電話：

「喂……啊！我就是！什麼錢？老子在外面陪大客戶，聽不見！回去再說吧！就這麼說定了！」

這聲音很耳熟，丁浩又隔著門板仔細聽了聽。

那位嘟嘟囔囔地掛了電話，也不急著出去，拉開褲鏈一邊放水一邊罵：「狗屁條子……老子和你們局吃過一次飯，你他媽還上癮了！」

「噓、噓！李盛東……噯……這裡啦！」

放水的人左右找了半天，猛地抬頭就看見了丁浩的臉，嚇得差點尿歪了！

這裡一片黑漆漆的，只看見一個腦袋趴在隔板上咧著一口白牙叫你的名字，是人都會嚇到吧！不過李盛東還好一點，腿沒軟，就是有點結巴了：「……我靠！丁、丁浩？」

丁浩踩著馬桶蓋，趴在上面也很費力，現在看李盛東認出他來了，也對他揮了揮手，跳到對面殷勤地幫他開門。

「方便完了啊？您要來點洗手液？我幫您把熱水打開，喔喔……這是擦手的紙巾，還是您比較喜歡用暖風烘乾？」

李盛東被他嚇得還沒回過神來，被一套流暢的服務伺候完才醒酒。

「你怎麼會在這裡？」又看到丁浩這一身的打扮，眉頭都皺起來，「你來這裡打工？」

丁浩又幫他開了一小瓶醒酒的，插了吸管後遞到手裡，「不是、不是！我是偷偷進來的！」

李盛東對這玩意兒不感興趣就推開了。

「那你今天弄這齣是……」

他也覺得丁浩不像會來受氣的人，這混小子從小連他的虧都不吃，能跑來這裡受罪？

丁浩就等著他問這句，立刻把洗手間的門關上，跟李盛東解釋了一遍，重點強調了張蒙的事，其中還夾雜了丁奶奶的關心和指示，總之就是要李盛東看在幾個人從小一起長大的份上幫忙找找，還得不動聲色地找。

李盛東點了一根菸，歪著身子靠在洗手臺上，聽丁浩講了半天也差不多明白了。他最討厭這些鳥事，幫丁浩出了點子：「你直接打電話給她爸媽，讓她家人過來找不就好了！」

丁浩嘆了口氣，李盛東這方法丁泓早就試過了。這小子很實在，直接打了電話給張蒙她媽，人家都不理他啊。

丁浩只好再解釋一遍給李盛東聽：「說過了，她家壓根就不信。」

李盛東看到丁浩在對面揉眼，以為是被菸嗆到了，順手把半根菸掐熄，扔到旁邊。

「這樣你就算找到了，她家以後不管，還是一樣啊！張蒙我知道，高中時就滿瘋的，我在外面混都知道她的名聲，嘖！」

丁浩跟李盛東保證，「你只要找到張蒙，我偷偷幫她拍張照片，之後威脅她，如果敢再來就拿給她爸媽看。張蒙她媽管她管得很嚴……我們其實就只要一個震懾的作用，我也希望以後就交給我姑姑管。她好歹也是我姊，總不能看著她往火坑跳啊，想多少拉她一把。」

李盛東就靠在洗手台旁，不答應也不說要幫忙，倒是打量起丁浩的這身裝扮。黑色小背心勾著腰，看起來格外的細，上頭的銀色絲線在昏黃的燈光下反射……也很別致。

丁浩看李盛東態度不冷不淡的，也有點著急了。他都找了大半天，眼看就要晚上了，再不回去白斌就要過來了。他不得已之下又跟李盛東說了幾句好話，還特意為上次的事道歉，「李……東哥啊，那什麼，我爸上次打痛你了吧？」

李盛東原本還在順著背心往下看，丁浩的這句話立刻把他點醒了，對丁浩怒目而視。「你還好意思說！你那天跑得比兔子還快……你自己跑就算了，你怎麼還叫白斌再回來揍老子一頓啊？啊？！」

丁浩又伏低做小地跟他說了一遍對不起。

李盛東終於找到出氣口，被白斌弄出來的一肚子火都往外竄。

「罰我錢，查我船，啊？老子偷了兩個數值的東西，你他媽硬是把我弄出三個數值！罰老子很過癮是吧？你跟白斌，你們倆狼狽為奸，狼心狗肺，狼……狼……」李盛東肚裡的墨水有限，接不下去了，又繼續反過來指責丁浩跟白斌的惡行，「扣我車，他媽的一個市區內還查兩遍超載……！」

丁浩在旁邊小聲地說接了一句，「那是我爸幹的……」

「呸！你還好意思接話，這麼多年，怎麼也沒見過你爸對你家暴啊？好啊，都對我下狠手……看見沒？這裡還有疤啊！」

李盛東拉起袖子來指了指，光線太暗，丁浩也沒看清楚，還想看第二眼的時候，那孫子立刻又放下袖子，臉上一本正經的受害者樣子。

「還有你跟白斌幹的那點鳥事，能別推到你爸身上嗎？上次我當了冤大頭，幫白斌擦屁股，這次你又說扣車罰錢是你爸幹的，難道你跟白斌就清清白白，一點事都沒有？我都替你臉紅！」

丁浩閉著嘴當啞巴，開口閉口都是錯。而李盛東罵了半天，心裡舒坦了一點。他看到丁浩也差不多忍到極限了，覺得也不能惹火人家，大方地開口：「走吧，去我的包廂，我也該回去了，人家還等呢。」

丁浩堵在門口不走，疑惑地看著他，「你不幫我找張蒙？」

李盛東勾著他肩膀，笑道：「我要是說不找，你立刻就會跟我翻臉吧……嘜嘜，丁浩，我開玩笑的，回去我就把花名冊要來，一群女生都幫你點過來，排成一排讓你挑，好嗎？」

丁浩往後就是一記拐子，他的耐心也沒了。

「不用那麼麻煩，剛才她進來的時候是直髮，穿著一身黑裙子，衣服可能會換，你就幫我找找有沒有黑直髮的就好了！」

李盛東答應了，人模人樣地走在前面，「你現在是服務生吧？跟在哥後面，別抬頭，你那張臉像刷了石灰一樣，晚上出來會嚇死人的，懂嗎？」

丁浩在後面嘴角抽了兩下，忍住了，偷偷把手插進褲子口袋裡，想傳個訊息給白斌。他這邊還不知道要弄到多晚，還是先跟白斌說一聲在外面好了。

他一摸褲子口袋才發現一個問題——他手機不見了。

也不知道是剛才在李夏的休息室換衣服時弄掉的，還是原本就忘在家裡。丁浩只記得最後是接到丁泓的電話，現在也不好去找手機，想了想，還是先找到張蒙再說吧。

丁浩想傳訊息給白斌，白斌也打了電話給他。鈴聲響了幾下後被人接起，聽聲音是個熟人，白斌皺起眉頭：

「丁泓？丁浩的手機怎麼在你那裡？他去找你了？」

丁泓像在出祕密任務一樣，再加上之前丁浩再三囑咐過他來酒吧的事不能告訴白斌，現在白斌一通查勤的電話打來，他的聲音都在發抖，『啊？啊……啊！！沒有！』

白斌的眉頭皺得更深了。

「到底是有沒有去啊？樓下的車也是他開走的？」

白斌等了半天都沒等到丁泓出聲，聲音都嚴肅了起來，「丁浩是不是在你那裡？」

丁泓過了好一會兒才回話，『他也是……剛來……我們、那什麼……都在車上……』

白斌跟他對話也沒了耐心，調整車上的定位系統，看起來的確是在丁泓那邊的大學城沒錯，就對丁泓叮囑了一句，「那好，你跟他說先在車上等一會兒，我們這就過去。」

丁泓有點傻眼，『啊？』

還沒再開口，白斌那邊就掛了，只是在掛之前，他好像模糊地聽見了他小叔丁遠邊的聲音……

白斌說的「我們」，不會是他想的那樣吧？

丁遠邊這次過來，完全是來出公差，是來開會的。正巧在辦公廳碰見了白斌，人家孩子熱情接待，非要帶他去參觀一下。丁遠邊本來不想去，但白斌要帶他去的是丁浩的學校，他一聽就動心了，就推掉晚上的活動，上了白斌的車。

白斌把丁遠邊當成老丈人款待，先帶丁遠邊來看一下丁浩的學習環境，一路上跟丁遠邊解說了Z大幾處有特色的地方，也很留意地聽著丁遠邊的話，加倍小心。

參觀完了學校，白斌打電話給丁浩，想三個人一起吃頓飯。但丁浩那邊就出了一點小狀況，手機是丁泓接的。他擔心丁遠邊等急了，也覺得丁泓不是外人，乾脆就開車直接帶丁遠邊去了新校區那邊。

白斌這邊有兩部車。白老爺了知道他現在忙，特意也幫他弄了一輛工作時用的黑車，掛的是A市某局的車牌，又怕他擔心丁浩在家有什麼事，還幫兩部車都裝上特殊定位系統，只要兩輛車沒有隔太遠都能顯示。

白斌對丁泓比較放心，他是個老實孩子，丁浩跟他在一起，無非就是去大學城那邊的小吃街玩了。

他也沒多想，直接調出車子的位置就開過去。白斌還怕丁遠邊誤會丁浩跑出去玩會不高興，特地幫忙解釋了一下：「奶奶有打電話來，要丁浩多去看看丁泓他們，今天下午沒課，丁浩肯定又跑到那邊去了……」

丁遠邊也表示理解，臉上還勾起笑，「浩浩這孩子，就是聽他奶奶的話。」

白斌看到丁遠邊的心情不錯，也放鬆了警惕，順著他的話題說：「是，很常聯繫呢。丁叔也很久沒見到丁泓了吧？我們現在去大學城，還能跟丁泓他們一起吃個飯。」

丁遠邊笑呵呵地點頭說是。

依照白斌的意思是陪丁遠邊看了一圈之後，別讓丁遠邊去住酒店，到他跟丁浩那邊住一晚。他覺得，他跟丁浩的事也差不多要循序漸進地告訴丁浩父母了，近距離觀察丁遠邊就是計畫的第一步。

白斌跟丁遠邊聊的話題很多，他在路上也提了一下丁浩在這裡的生活環境，隱約透露出他跟丁浩都在外面住，房子是白家提前準備好的。

丁遠邊也知道現在大學生都愛住外面，讓白斌看著丁浩，他反倒比較放心，省得李盛東之類的人來騷擾丁浩，所以也沒多想，還對白斌表示感謝：「有你看著他我就放心了！」

白斌沉默了一下，還是客套地推辭了幾句，「哪裡，丁浩平時也照顧了我很多，我也該向丁叔說聲謝謝才是。」

丁遠邊對白斌的謙虛有禮、熱情周到感到十分滿意，他一直把白斌當做丁浩的榜樣。如今看著他，白斌的確無愧於榜樣這個詞。

兩個人聊了半天，也快到目的地了。白斌對新校區這邊的商業區不是很熟悉，左轉右拐的，漸漸發現有點不對。

丁遠邊也發現這周圍的建築很奇怪，夜色中，那一排排在各色燈泡的映襯下顯示出來的店名讓他連眉頭都皺起來，這裡可不像是好孩子會來的地方。

街道比較窄，白斌開得很慢，試著和丁遠邊提議：「我知道有家湘菜館不錯，就在剛才路過的那條街上，不如我們去那邊等，我打電話叫丁浩他們過來……」

丁遠邊的臉色有點發青，他從剛才就三不五時地能看見「茶店」這種隱晦的店名，完全不贊同白斌的意見。

「別轉彎！順著這條路走，不是下條街轉一個彎就到了嗎！」他倒要看看那兩個兔崽子幹什麼去了！

白斌沒辦法，只能把方向盤打回來，繼續往丁泓那邊開。

過了這條街就稍微清淨了一點。可是紅通通的屋頂上掛著一排大紅色的燈泡，整條街都紅得閃亮亮，丁遠邊在這紅燈的映襯下，臉色更是鐵青。

白斌那輛車就停在屋頂最紅的房子對面，老遠就看見丁泓從車窗探出腦袋，來回張望。

白斌剛把車停好，丁遠邊就打開車門下去了。他這次氣得不輕，一走近就讓丁泓嚇得迅速把腦袋縮回車裡，眼神可憐地看著丁遠邊，發抖地開口，「小叔……」

丁遠邊不跟他客氣，敲著車窗喊：「快點，都給我下來！」

丁泓打開車門，垂著腦袋從車上下來，老老實實地站在那裡不敢動。丁遠邊看到只下來一個，又順著車窗往裡面看了一眼，「丁浩那兔崽子呢？」

丁泓的腳在地上蹭來蹭去，「他、他去……」正猶猶豫豫時，被丁遠邊瞪了一眼，抖著手指向那間紅房子酒吧。

丁遠邊的眉毛都豎起來了，「還沒出來？」丁遠邊只以為他們是自己過來玩的。白斌在路上都打電話來了，丁泓也不知道要跑，而丁浩更過分，還不出來……造反了！！

丁遠邊氣到不行，對丁泓教訓半天，「你說說你們，花家裡的錢，不在學校好好學習，淨搞這些道德敗壞的事！這種地方是你們這些小孩能來的地方嗎？」

丁泓好幾次想要插嘴，都被丁遠邊堵了回去，「不用跟我編理由！來這種破地方，你們還有理了？啊？這是什麼乾淨地方嗎！你們……你們這是要氣死我！」

丁泓也老實低著頭，一聲不吭地挨訓。他想等丁遠邊的怒火稍微降下去再解釋一下，現在說什麼，丁遠邊估計都聽不進去，還覺得他是在找藉口。

白斌在旁邊也看出不對勁了，他覺得丁浩沒什麼特殊的理由是不會來的，趁著丁遠邊喘氣的時候幫丁泓說情，「丁叔，我覺得應該聽一下丁泓的原因，他們不是那種愛玩的。」

丁泓也抓住機會，立刻接道：「小叔，我跟丁浩來這裡不是來玩的！我們、我們有任務！」

丁遠邊現在也冷靜下來了，他知道丁泓比較老實，給了丁泓一次機會，「說清楚。」

丁泓劈里啪啦地都說了出來，毫無保留地出賣了張蒙同學。在他眼裡，丁浩無辜多了，他不能看到丁浩被修理。

丁遠邊聽完他的話，又問：「你確定看到的是蒙蒙？那丁浩是跟誰進去的？那個人可信嗎？」

丁泓對前一件事點了點頭，不過他不是很認識李夏，白斌就在旁邊替他解答，「那個人是我們的鄰居，人很熱情，還不錯。」

白斌對張蒙的問題並不關心，倒是很在意丁泓話裡的另外幾句，皺起眉頭又問，「丁浩進去找多久了？」

丁泓一直在車裡看著手錶，聽見白斌這麼問，直接報了時間，「快兩個小時了！」

白斌的臉色有點不好看，「這麼久了……我剛才問你的時候，你怎麼不直接說？你知不知道這很危險？」

丁泓結結巴巴，看看丁遠邊又看看白斌，「我……丁浩……我們，怕張蒙來這裡被人知道後……不好……」

丁遠邊嘆了口氣，臉色緩和下來，拍拍快哭出來的丁泓，「好了，小叔剛才有點著急，也是怕你們走上歪路。你們是好孩子，小叔跟你道歉……下次再有這種事，你們跟家裡說，你們還小，這些不該由你們來管。」丁遠邊覺得這幾個孩子也是怕大人知道後會傷心，但這種事不提前說，大人知道了更擔心啊。

丁泓淚眼汪汪地看著丁遠邊使勁搖頭，剛才丁遠邊那凶神惡煞的模樣都沒讓他哭，現在沉冤得雪了，反而鼻子發酸。

「小叔，我沒事，我也著急，要不然你們進去找找丁浩吧？」

丁遠邊點了頭，還沒勸白斌不讓他去，白斌已經搶先開口了：「丁叔，我比較了解A市的人，您來這裡不方便，我去就可以了。」

丁遠邊也知道自己萬一被人拍到也夠麻煩了。他又不放心讓白斌進去，乾脆跟丁泓換了外套，車上還有一頂鴨舌帽，就將就地戴上。丁遠邊覺得自己這一張老臉算是徹底丟完了，把帽子壓低後跟白斌說：「走吧，我不放心，還是跟你一起進去找找。」

白斌也考慮到萬一真的找到張蒙，最好有個長輩壓制，這女孩他跟丁浩都不好下手，也點了點頭，「我們走後門。」

白斌跟丁遠邊進去找丁浩，另一邊的丁浩也在裡面積極地尋找張蒙。

李盛東的包廂裝潢得比丁浩之前找的那幾個包廂還好，前面還有一個小型舞池。他們進去的時候正有幾個人在跳舞，黑漆漆的，也看不清楚是長什麼模樣。

丁浩跟在李盛東後面站著，這間包廂裡原本有一個負責的服務生，看見丁浩進來也有點疑惑。李盛東伸手叫他過來，雖然有音樂聲壓著，但也遮不住那股趾高氣昂，「我跟你們上面說了，這個包廂換他跟班……」

丁浩在後面都想踹他屁股了。他原本只想偷偷看兩眼，張蒙不在就趕緊溜走，但李盛東這一句話就把他當成小弟使喚了。

估計李盛東也感覺到背後陣陣森寒，立刻說了正事，「你，去把你們這裡直頭髮的女生都叫來！」

服務生有點遲疑，但李盛東哼了一聲，從口袋裡抽出幾張鈔票塞在他的口袋。

「去，跟她們說，只要是直頭髮的，來了就能拿到這麼多！」

李盛東的話雖然帶著酒意，可這鈔票做不了假。那服務生也怕客人生氣，不敢再耽誤，把選歌的遙控器遞給丁浩就出去了。

李盛東回頭也塞了幾張放在丁浩的背心裡，笑得特別欠揍，「來，人人有份！」放進去才摸到丁浩的上衣口袋裡有硬邦邦的東西，比鋼筆粗了一點，「這是什麼？」

丁浩對他露出職業笑容，那笑得叫一個燦爛，壓低了聲音回他：「立可拍，能照相也能錄影，我先幫您錄一段？」

李盛東臉都綠了，抽回手，找個丁浩拍不到的暗處坐下，提防地拿麥克風遮住半張臉。

丁浩對他咧了咧嘴，還沒報復，沙發上就有幾個人站起來。他們的歌唱完了，嚷嚷著要選歌。丁浩覺得自己真他媽幹一行愛一行，垂著半個腦袋，在牆角幫他們選歌。

李盛東對面坐著一個男人，看起來歲數不大，聲音倒是很大，旁邊兩個女人的聲音加起來都沒有他尖銳，那叫一個刺耳，典型的五音不全加公鴨嗓。

丁浩原本蹲在角落小心打量著包廂裡的幾個女孩，卻被他刺激到頭髮都豎了起來，忍不住回頭瞥一眼。

那位還很得意，左擁右抱地摟著兩個女孩笑著，旁邊的人也起鬨似的鼓掌，「鄭公子唱真好，都跨越八個音階，到第九個了吧？我看看這玻璃杯被震碎了沒，哈哈哈！」

「哈哈哈！一般，一般！今天的氣勢還不夠，下次再讓你們看個拿手的！」公鴨嗓的人很瘦，臉白得像白斬雞一樣，看起來沒什麼力氣，還偏偏抱著兩個女的，都快消失了。

包廂裡開著閃光燈球，像在搞搖滾一樣。丁浩在縫隙裡看了半天才認出來，這位也是熟人。

是鄭田。

丁浩發現鄭田在以後更小心了，躲在角落裡不怎麼敢抬頭。他不想被暴露，他跟鄭田那幾個人的關係可算不上好。

李盛東叫的幾個直髮女人進來了，自來熟地勸酒、跳舞。聽到李盛東又特意確定了一下人都到齊了，丁浩把觀察重點放在她們身上。他心裡有點煩躁，以前張蒙玩得再瘋也不過跟人私奔，現在總不會開放到出來幹這行吧？

舞池裡那幾個沒有人長得像張蒙，對面沙發上也沒有，倒是有個背對丁浩坐著的人長得很像，直髮披肩，側臉笑起來也跟張蒙有點相似。丁浩不動聲色地換了個位置繼續觀察。

那女生舉止很秀氣，說話聲音也小，在這嘈雜的包廂裡更讓人聽不清楚，反而心癢癢地想要跟她靠近說話。鄭田明顯看上她了，跟請他出來玩的人指了指，「這個不錯啊，我就要她陪我！」

請鄭田來的正是王工，李盛東那邊的智囊。他正在想方設法地搭上A市的線，就怕鄭田沒有喜歡的，這時聽見他這麼說，立刻就答應了。

「沒問題！鄭公子看上她，是給她面子。」王工對那個女生使了一個眼色，「還不快過去？」

丁浩不吭聲，他看見李盛東抬頭看了一眼，並沒有說話，這表示陪鄭田的女生並不是張蒙，丁浩心裡稍微放鬆了。是不是丁泓看錯了，張蒙並沒有來這裡？還是說她來了，但是是在這裡玩，不是出來賣的？

丁浩覺得這樣也是有可能的，這種地方不能久待，還是及早回去比較好。不過，來了也不能白來。丁浩知道崔宇跟鄭田不對盤，鄭田家老頭又特別喜歡拿自家孩子跟白斌比較，鄭家那幾個小混蛋也常常在背地裡妨礙白斌，丁浩早就恨得牙癢癢了，因此乾脆偷偷拍了幾張鄭田在這裡亂來的照片，準備回去送給崔宇發揮一下。

丁浩在小心地忙著，鄭田也沒閒著，摸著那女生一頭烏黑的長髮，開始讚美，「哎喲，頭髮掀起來更好看了，我看看……嗯，這樣只留點劉海，很像我認識的一個人，叫什麼浩，什麼浩來著？噯，我跟你們說，這有錢的玩女人，有權的男女葷素不忌。嘖嘖，那傢伙跟我是同學，聽說早就被人玩爛了！」

周圍幾個人有了興趣，嚷嚷著要鄭田繼續說。鄭田還是有點顧忌白斌，不敢點名道姓，不過還是編得很起勁，抓著什麼「浩」說個不停。「……嘖，還有崔家那小子，他們三個關係很好。我靠，肯定是這三個人常常一起玩，裡外都熟悉了，哈哈哈！」

丁浩在旁邊聽到，牙都咬得喀嚓響著。這是人渣，比他丁浩渣多了！旁邊的人還在問：「鄭公子這麼在意，不會也看上了那隻小兔子吧？嘿嘿，被人教會的，聽說滋味就是不一樣。」

鄭田哼了一聲，「我他媽至於饑渴到去找男人嗎？」話雖然這麼說，但摟著那女生的手往下滑去。

他捏著那截露出來的腰，忽然就想起一開始看見白斌身旁那小子的細腰，心裡像被貓撓過一樣癢。鄭田抬頭看見那個女生的側臉，燈光很暗，這樣看去有幾分丁浩的影子，手再摸上女孩就變了調，「這臉不錯，真不錯……」

旁邊的人哄鬧地叫好，非讓鄭田在這裡親一個不可，鄭田半推半就地就要壓住那女生來一段現場。而跟鄭田一起來的也有看出了一點端倪，跟著笑罵了句，「靠，你今天怎麼這麼著急啊？這女生跟那什麼浩長得還真的有點像。我說鄭田，你別玩錯了，搞到後面去啊！」

鄭田把那個女生按在沙發上上下其手，聽到那個人點破也有點惱羞成怒的意思，下手都有點不知道輕重，「靠，我就是上上看，什麼前面後面的……」

那女生有點想拒絕，畢竟不管是誰聽說自己長得像誰以前認識的男人，上上看好了這種話都會生氣，哪怕是這位已經墮落卻有著一顆孔雀心的人。

鄭田看到那個女生有點不願意，更是非要她不可，壓著不肯鬆手，去扒人家的肩帶，「大家換間包廂繼續啊，我這裡要辦點事……」

王工他們有點尷尬，這有點太過火了，但跟鄭田玩在一起的那幾位都起身了，哄笑著帶別的女生繼續去唱歌，王工他們幾位也趕緊跟上。A市的風氣比較開放，他們也做好了幫鄭田打包的準備，沒想到人家等不及就現場來了。

黑影裡還有一位沒走。他一直看著鄭田鬧，沒出聲，看到人都走出去、關上門了也不見動彈，還坐在沙發角落拿著麥克風點歌，看起來也很鎮定。

鄭田也顧不得還有人沒走，扭著屁股，一副猴急的樣子，捏著那女生喊了一聲，「浩、丁浩……」

那個人站起來就兩步走過去，手裡的麥克風「咚」的一聲，帶著回音，敲在那個孫子頭上，當場見血！！

這一下差點讓鄭田翻白眼，痛得嗷嗷直叫，那一聲喊得比他身下的女人還響亮。

另一邊的丁浩早就蹭到門邊上了鎖，這個包廂剛才承受得住鄭田標的高音，完全不怕聲音洩漏出去。他也恨得牙癢癢，要不是看到李盛東的那一下夠狠，他都想再補上一罐啤酒瓶給鄭田了！

那個女生也很倒楣，鄭田被李盛東敲破了腦袋，額頭上的血滴滴答答地都噴到她的臉和脖子上了。她起初還喊了兩聲，後來看到鄭田頭上嘩啦啦地流血，嚇得臉色泛青，眼看著要暈過去了。

李盛東抓著那孫子的領子扔到地上，對那個女的瞪了一眼，「妳出去，今天晚上這件事不關妳的事。記住，要是妳叫人報警，沒好果子給妳吃！」

那女的顫抖地點了頭，捂著衣服就往外跑。丁浩看了一眼李盛東，依照他的意思開了一道小縫，讓她走了。李盛東這個人比較信奉一句話，叫冤有頭債有主，只找犯錯的人出氣，而且他從不打女人，還是有幾分江湖道義的。

鄭田想起身，卻被李盛東一腳踩在胸口，躺在地上像是仰面躺著的烏龜，又痛得大喊。李盛東的腳下用了一點力，他也忍了一整晚，一肚子的火都冒出來了，「你再叫一聲讓我聽聽啊！」

鄭田捂著腦袋，立刻轉為小聲的哀號。血流進了他的眼睛，包廂裡的燈光又暗，正瞇著眼睛，使勁想看清楚揍他的是誰，還不忘放狠話，「你、你有種別跑，我回去、回去不會放過你的……你知道我是誰嗎！你打我就等著坐牢吧……」

還沒吠完，李盛東就蹲下來，手裡的麥克風滴滴答答地淌著血。

「這麼說，你是要我今天晚上別手下留情，是吧？」

鄭田躺在地上，臉都灰了，顫著嘴唇，不敢再說話。

李盛東扔掉麥克風，換了一個酒瓶，來回換手掂量著。那雙垂著的三角眼中透著一股陰邪，看起來就不像好人，「你他媽想找死，就再喊大聲一點！我這樣跟你說吧，你要是有萬全的手段能弄死我，就來找我報復看看。但你記住了，你要是弄不死我，我之後一定會弄死你！」

鄭田吞了口唾沫，下意識地點了點頭，看到李盛東的眼神不對勁，立刻又拚命搖頭，「不告，不告了！大哥你放過我吧……」鄭田快哭了，他覺得自己碰到亡命之徒了。

鄭田的話連丁浩都不信，更何況是李盛東。他伸手叫丁浩過來，「去，去那邊找個繩子過來，把他綁起來！」

看到丁浩疑惑地看著他，立刻露出一個不懷好意的笑，「我們幫他好好拍點照片，要是這小子敢回去亂說……哼！」

鄭田的臉這次是真的白了，要不是李盛東在他嘴裡塞了一條毛巾，他肯定會嗷嗷直叫，現在還哭得一把眼淚一把鼻涕，不成樣子。

丁浩對李盛東的主意深以為然，立刻跑去找繩子，只找到一小截綁窗簾的，也就勉強把手綁了起來。他看見地上的麥克風線夠長，立刻又拖了幾根過來，把他捆得結結實實。

丁浩看到鄭田的腦袋上還在滲血，有點猶豫，「你敲成這樣……真的沒事啊？」

李盛東送他一個白眼，「我心裡有數，這只是破了皮！」

丁浩不相信地摸了一下鄭田的額頭，也摸不出什麼來，倒是那個人被捆得像麻花一樣，還不斷上下彈跳。丁浩看到他這麼有精神也就放心了，真是打不死的小強。

李盛東跟丁浩要了「立可拍」小攝影機，弄了幾下，喀嚓喀嚓地對鄭田按了幾下快門。丁浩覺得剛才鄭田讓他感到噁心，也生氣了，拿啤酒瓶對鄭田的下面比劃了一下，跟李盛東商量，「要不要塞到裡面去？」

李盛東聽懂了，他覺得丁浩這才是本性發揮，大方地贊同，「好！」

丁浩立刻把那個酒瓶遞給李盛東，讓李盛東愣了一下，「我來？」

丁浩點點頭，「我又沒幹過這種事。」

李盛東額頭上的青筋都爆出來了，「我他媽就幹過了嗎！！」

兩人對視半天，還是李盛東罵罵咧咧地拿著那個酒瓶，胡亂地捅鄭田的下面。被綁著的人還很有精神，一直嗚嗚地叫個不停。丁浩扭頭看了一下，也不怪李盛東一臉嫌棄的模樣，看到鄭田的長相，一般人還真的下不了手。

兩人又拍了一陣子，李盛東心想，反正都跟鄭田結下了樑子，蝨子多了也不怕咬，大方地叫丁浩先回去，他要再跟鄭田「聊幾句」。丁浩也不跟他客氣，「好，我先走了，有什麼事就打電話給我！」

李盛東揮揮手，「快走吧！嘖，礙手礙腳的！」

他送丁浩去門口，開門讓他出去。但還沒關好門，丁浩又退進來了。

李盛東很納悶，「不是讓你走嗎……」

「你要他去哪裡？」

丁浩的身後又走進來一個人，一身淺色的風衣在昏暗的燈光下，看起來有種格格不入的感覺，那個人的表情也很冷淡，「李盛東，好久不見了。」

李盛東看了看低著頭不敢說話的丁浩，狠狠地摸了一下鼻子，扯出一個笑，「是啊，很久沒見到了吧，白斌？」

第五章 白斌的人

白斌對空氣裡的血腥氣味很敏感，一眼就看見了躺在沙發上的那個人，以及這個人一副被糟蹋的淒慘模樣。白斌的臉色更冷了，「這是怎麼回事？」

旁邊兩個不安分的一個抬頭一個低頭，都不打算先開口。

白斌關上門，過去仔細查看了一下那個人，雖然臉被揍得像豬頭一樣，但是還能勉強看出是誰，「……鄭田？」

被綁著的人立刻含著毛巾淚流滿面，嗚嗚地喊個不停，估計是在求白斌放了他。

白斌只是站在旁邊看了看，並沒有伸手幫鄭田，連地上的血跡都沒有去踩。繞著周圍看了一圈，又回來盯著丁浩的那身衣裳。

「我原本是想進來找張蒙的，可是、可是不穿這套衣服就進不來……我，我才……」

丁浩想解釋一下，但是看到白斌的臉色，被嚇到有點結巴。鄭田還被綁在沙發上，丁浩覺得自己給白斌添麻煩了，原本想說的話也都嚥了下去，頭低得更深了。

李盛東看到丁浩低頭不敢吭聲的樣子都替他覺得丟人，乾脆說白了，「那個鄭田是自找的，他欺負丁浩，我就欺負他，一報還一報啊！」

白斌正在檢查丁浩的衣服，聽見李盛東這麼說，捏著衣服的手頓時收緊，立刻又開始往別的地方檢查，聲音冷得掉出碎冰，「鄭田動你了？」

丁浩一個沒注意，襯衫釦子就被白斌解開了幾顆，他急忙按住白斌要繼續掀衣服的手。

「沒有！沒有……他沒動我，」偷偷看了一眼白斌，看到他臉色發青也不敢隱瞞，「就是嘴上說了兩句，很混帳，所以才被我們聯手修理了一頓。」

白斌固執地親自幫他檢查，確定丁浩身上的衣服是整齊的還是有點不放心，摸了摸他的腦袋又問了一遍，「真的沒受傷？」

丁浩搖了搖頭，「沒有，李盛東一揮麥克風就把他敲到濺血了，他都不敢回手。」

白斌聽見丁浩這麼說，又看了沙發上一眼。剛才燈光暗，倒也沒看見鄭田流了多少血，不過照他這樣亂動，估計血也快流完了。鄭田可以受傷，但事情鬧大了，對誰都沒有好處，這得儘快解決。

白斌主動向李盛東表達了謝意，「李盛東，謝謝你，你可以走了。」

李盛東正在抽菸，聽完後差點一口煙嗆到喉嚨裡，連咳了幾下，「什麼？」

「我說，剛才謝謝你照顧丁浩，剩下的事我來負責，你先走吧。丁叔也來了，估計馬上就會過來這邊。」

白斌跟丁遠邊約好找到人後就電話聯繫，回車上碰面。李盛東留下來只會平添誤會，白斌不想讓丁遠邊認定丁浩跟李盛東在一起——這才是他讓李盛東走的真正原因。

李盛東心裡自然沒有白斌想得長遠，他光聽到丁遠邊的名字，心裡就不舒服。他上次被揍得不輕，而且看到白斌對丁浩摸頭揉臉的黏膩，也不想再替白斌背黑鍋了，當下就按熄了菸，拿起外套就走。

路過白斌身邊的時候，他不服氣地哼了一句，「我照顧丁浩是應該的，不用你來謝！」李盛東看著白斌，故意摟過丁浩，在他頭頂上響亮地親了一口，「丁浩，有事來找哥，別客氣啊。」

丁浩僵在原地，被李盛東身上的菸味熏到才知道自己被他摟進懷裡，還沒伸手去推開，就被白斌重新攬了回來。白斌推著李盛東的下巴，讓他離丁浩遠一點，說得也很冷：

「他以後不會再有什麼事，不用你操心。」

李盛東難得好脾氣地笑了笑，他看到白斌的臉色越難看，心裡就越高興，吹了聲口哨就離開了。他今天晚上的生意是沒戲唱了，但心情卻出奇地好，簡直就是一掃之前的霉氣啊！李盛東覺得這樣就值得了！

白斌目送李盛離開，又揉了一下丁浩頭頂上的頭髮。他不喜歡丁浩身上有別人的味道，尤其是李盛東身上有那麼重的菸味，更讓他心煩。

丁浩就像翹課被抓包的學生一樣，特別老實地讓白斌按著腦袋來回揉弄，試探地問：「白斌，你剛才說我爸來了，是騙李盛東的吧？」

白斌湊過去聞了一下丁浩的頭髮，又貼著他的臉往下聞了幾下，覺得小孩身上都是菸草的味道，讓他心裡有點不舒服。

「沒騙他，你爸真的來了。」看到丁浩嚇得顫了一下，又立刻安撫他，「他不會找到這邊來，我剛才跟丁叔說好了分頭找人，在車子那邊碰面。」

丁浩這才放心，回頭看見那邊被綁著的鄭田，皺起眉，「他怎麼辦？」

「他是一個人來的，還是跟一群人來的？」

丁浩想了想，「來了十幾個，現在應該在別的包廂，鄭田原本要在這裡上……咳，總之短時間內不會有人過來。」

聽丁浩說完，白斌心裡就差不多有數了，脫下自己的風衣幫鄭田裹住，也不幫他鬆開手腳，只拿掉嘴裡的毛巾後扶他起來。鄭田鬧了半天，現在也沒什麼力氣，只掙扎了一下。李盛東的啤酒瓶塞得不結實，一站起來、動一下，就咕嚕嚕地滾到地上去了。

白斌的臉色不好看，他有點潔癖，像這樣用衣服裹著大型垃圾帶出去就更強烈了。而裹著衣服的那個人已經開始腳軟了，東倒西歪的，更是讓白斌眉頭緊皺，「先送他去醫院。你在前面替我看路，我們從後門出去。」

丁浩也不笨，立刻知道白斌是想帶出去解決。只要沒被人當場看見，把鄭田往醫院裡一扔，估計這傻子也不會笨到自己把這麼丟人的事說出來。更何況，李盛東那裡還有能堵住鄭田這張嘴的東西呢！

丁浩跑去開門，想了想，又拿起掛在旁邊衣架上的黑色帽子，幫白斌扣在腦袋上，「給你這個，我穿這身衣服沒人認識，等等在路上低著頭走路就行了。」

白斌看著他那身侍者的衣服，要是戴個帽子反倒會讓人覺得奇怪。也沒時間了，他對丁浩點點頭，「先出去，你也小心點。」

現在已經半夜了，包廂裡正熱鬧，走道上沒人，偶爾冒出一個來也是喝醉的。丁浩跟白斌一左一右地架著鄭田，一路出來倒也沒惹來什麼人注意，因為這種喝醉後被朋友帶回去的人太多了。

走出門口的時候，保全倒是多看了兩眼，丁浩機靈，立刻適當地問了句，「先生，要不要叫車？小心這邊地毯，您等一下，我去幫您開門啊……」

保安見多了丁浩這種穿黑背心的，這麼殷勤的語氣一聽就知道是想賺點小費，而且酒吧裡這麼買醉的人也不少，沒再留意他們。

兩人半扶半扛地把鄭田弄回車裡，所幸丁遠邊還沒回來。白斌來的時候又開了一輛車，直接打開車門把鄭田扔到後座，囑咐丁浩，「你在車上等我，我去跟丁泓說我們先走，那把車鑰匙在丁叔那裡，讓他過來就直接開回去。」

丁浩點了點頭，「好，我在這裡看著鄭田。」

丁泓這次直接被丁遠邊鎖在車裡了。丁遠邊怕跑掉一個又找不到另一個，就俐落地上了車鎖，只幫丁泓打開半扇窗戶。丁泓大老遠就看見白斌和別人帶著什麼回來，正伸長脖子往外看，「白斌！你找到丁浩了？那個扔在後面的是丁浩，還是剛才陪你回來的是他啊？怎麼穿得跟李夏的工作服好像？真奇怪。」

這孩子好奇心太強，眼力又好，這個要是機密任務，看得這麼清楚都能拖出去槍斃了。

白斌沉默了一下，他也沒料到在這沒有月亮的夜裡，僅憑紅燈的映照，丁泓都能看得一清二楚，只能避重就輕地回他，「我找到丁浩了，我們有點事先出去一下，丁叔要是回來，你就幫我跟他說……」

丁泓的好眼力再次發揮了作用，指著對面跟白斌說，「不用了，小叔回來了，小叔！白斌找到丁浩了！」

丁遠邊剛過馬路，拉著一個穿著黑裙的女生走過來，聽見丁泓的話終於放下了一顆心，還沒走到眼前就問，「在哪裡？」

丁泓又比白斌快了一步，「在那輛車上！」

白斌來不及阻止，看到丁遠邊打開車門，把垂頭喪氣的張蒙也塞進去，「丁泓，你給我看著她！我去把丁浩也叫過來，我必須給你們開一堂社會課！一個個都不讓人省心！！」

丁遠邊說完，又要直奔到那輛車找丁浩，白斌立刻跟上，「丁叔，丁浩累了，我帶他回去。我們先回家吧，回去再談可以嗎？」

丁遠邊不聽，他是在前面的舞廳裡找到張蒙的，追了半天才把她抓回來，舞池裡有一群青年群魔亂舞，讓丁遠邊看到就沉著臉。他覺得丁浩來這裡的動機是好的，但是又怕丁浩也受到誘惑，覺得必須警告他們幾個，「不用，讓丁浩也過去，我在路上跟他們說。」

白斌的車有貼車窗，丁遠邊下意識地以為丁浩在後座，直接打開車門，白斌手疾眼快地攔了一下，「丁叔，我幫您叫他過去……」

白斌攔截得很快，只讓他看見到了一個衣角，但是一個衣角也夠讓丁遠邊疑惑了。

「丁浩怎麼躺在那裡？」他推開擋在前面的白斌，「你讓開，讓我看看……」

正在推搡，丁浩從前面的車窗探出頭來，強撐起笑，「爸，我在這裡，我有點事，那什麼，等等就過去找您……」

丁遠邊放開手，喔了一聲，「嚇我一跳，我還以為你是跟人打架，趴到後面了呢……」

白斌稍微放鬆了警戒，看到丁遠邊放鬆也放開了車門。就這麼一下，立刻讓丁遠邊找到機會，一把打開車門！

鄭田之前在裡面動了兩下，正好把蓋在身上的那件風衣弄到地上了。他趴在那裡，衣衫不整，身上還被黑電線綁著，從褲管裡能隱約看見兩支麥克風。額頭上的血倒是凝固了，但是看起來更嚇人，正嗚嗚地叫著。

「丁浩……這就是你說的有點事？」丁遠邊看到這一幕，眼都紅了，他看得很清楚，後座上趴著的人褲子被人扒開了一半，後面都濕了一大片！

「這他娘的就是你說的有事?!小兔崽子,你給我下來!玩男人、玩男人玩到這種地方來了……老子今天打死你這個不孝子!!」

「爸!不是這樣!你聽我解釋……」丁浩的半個身子探在車窗外,一激動就沒退回去,看到丁遠邊一巴掌過來,嚇得閉上了眼——

啪!

這一巴掌打得清脆,聲音在夜空中都帶著回音。

丁浩愣住了,他臉上不覺得痛,睜眼就看到擋在自己前面的高大背影。風衣拿去用了,身上只穿著一件襯衫,但是依舊帶著熟悉的暖意,堅定地站在那裡為他擋住風雨。

「丁叔,不是浩浩的錯。」

丁遠邊這一巴掌下去也有點愣住了,他沒想到白斌會過來,更沒想過有一天會打白斌。

白斌臉上有明顯的五根指頭印,嘴角也被打到微微裂開了,還開口跟丁遠邊解釋:「丁叔,這件事我會給您一個交代,但現在不是說話的時候。您先帶他們回去,我們稍後就到。」

丁遠邊皺起眉頭,不但是對白斌的話感到疑惑,更疑惑的是白斌回頭細心照顧自家那個卡在車窗上的傻孩子的細心……看著這兩人的言行,好像格外親昵。丁浩那兔崽子看到白斌臉上的巴掌印,眼眶都紅了,還伸手去抱住人家的脖子!

丁遠邊覺得自己的眼眶也紅了，他之前一直沒接起來的一根弦，似乎在慢慢連接起來。丁浩從小最親近的、最要好、接觸最多……感情最深的……

是白斌。

◇

白斌跟丁浩要先去處理鄭田的事，考慮到丁遠邊那一輛車也有三個人，就給了丁遠邊另一間房子的鑰匙。那是丁浩最近買的，離大學城不遠，而且空間比較大，可以多人住宿。

丁遠邊對自己剛才那一巴掌的失誤有點拉不下面子，白斌給他鑰匙、讓他先走的時候雖然臉色不好，但也沒說什麼。白斌是白老爺子一手教出來的，處理問題的方式並不比他差，丁遠邊決定回去聽聽看他們所謂的「交代」是什麼。

張蒙在車裡，不知道怎麼就跟丁泓吵了起來，起先是小聲的頂嘴，最後也顧不得在前面開車的丁遠邊，對丁泓嘟囔了一句「多管閒事」。

而丁遠邊被丁浩的事弄得心裡像有塊烙鐵一樣不安，聽到張蒙這沒心沒肺的話，更是一盆涼水就直接潑下來，就差冒出白煙了。他對張蒙也沒了耐性，黑著臉，當場罵了一頓：

「張蒙！妳還要不要在A市讀書？不要就滾蛋！我跟妳說，當初我能幫妳弄到這邊來上學，我也能把妳弄回去！」

張蒙往後面縮了縮，閉著嘴不說話了。

丁泓第一次聽到張蒙的這件事，不過想想她以前很愛玩，成績真的連要考進高職都很勉強。這麼想著，不由得多看了她一眼。

張蒙自尊心高，又愛炫耀。之前還能說是在好學校讀書，現在被丁遠邊揭穿了底細，有點羞得發慌，也沒力氣去說丁泓了。她也有點擔心，生怕丁遠邊回去會跟她家裡說，她媽要是狠起來可是從不留情面的。

丁遠邊帶著張蒙、丁泓兩人回去，白斌他們也把鄭田送去了醫院。

因為鄭田的情況特殊，白斌直接去找了軍醫。白老爺子在A市的關係大部分還是和部隊有關係，這邊的醫療設施好，保密條件也好。

白斌的風衣徹底毀了，沒再看一眼就直接扔進了垃圾桶。如果可以，白斌都想把這身衣服一起扔了。

丁浩去買了一點酒精棉片和消腫的藥回來，在急診室外面等的時候幫白斌消毒擦藥。白斌臉上的巴掌印是消下去了，但是嘴角附近的瘀血還是明顯的青紫，丁浩擦藥的手都有點發抖，生怕下手太重按到傷口。

白斌只穿了一件襯衫，丁浩幫他擦完藥後，又大方地把自己的外套脫下來，讓兩個人一起披著。大半夜的天氣有點冷，白斌的身體僵了一下，把丁浩推開，「不用。」

丁浩看到白斌一臉勉強忍耐的表情，就知道他在想什麼。這位的潔癖發作了，之前面對他還可以，如今換成外人就渾身難受。丁浩想了想，「我上次好像放了一件外套在車子上，你要不要先換上？」

白斌的眉頭微微皺了一下，車上的確有丁浩放著的那件衣服，但是他昨天也正好路過洗衣店，「我拿去送洗了。」

丁浩失笑，「你看看，太勤快也有壞處吧？」看了看白斌的手錶，已經過了十二點，今天晚上估計一家人都沒心情睡覺了，晚一點回去也不要緊。

「等等我們回家換身衣服，再拿幾條被子過去吧？那邊東西不齊全。」

白斌點頭答應了，看到丁浩打呵欠，讓他靠在自己的肩膀上瞇一會兒。丁浩歪在他的肩膀上，一抬眼就看見白斌臉上的傷，「還很痛吧？」

白斌抓著他的手，指尖的溫度相互交替，倒也不覺得冷，「不痛。」

丁浩握著他的手，收緊了一些，眼睛也垂下來，「回去跟我爸說吧。」

白斌低頭在他臉上親了一下，丁浩現在已經是死豬不怕開水燙，他連丁遠邊都不怕了，還怕什麼！丁浩直接抬頭回吻白斌，他膽子更大，也不看看有沒有監視器，就直接啃在白斌嘴巴上。

兩個人嘀嘀咕咕地商量了半天，也不睏了。丁浩聽著白斌一條條地細說分析，覺得丁遠邊想不答應都不行，不過出於實用主義，還是和白斌建議再加上幾條，其中包括丁浩現在財產的一部分金額。丁浩覺得有必要跟丁遠邊說清楚：他是成年人了，完全可以獨立。換句話就是，我不怕任何經濟制裁，您威脅不了我。

白斌也有了精神，重新整理了一下思路，決定直接跟丁遠邊攤牌。反正丁浩他一定要帶在身邊，別說是大學畢業，以後的工作他也為丁浩做好了打算，不可能讓小孩離自己太遠。

兩人盤算得差不多時，醫生也出來了。鄭田的情況沒有很糟糕，就是頭被打破了，有點失血過多，再加上受到了驚嚇，現在正在幫他包紮傷口。醫生看到是白斌送來的人，也就格外用心，「頭部受傷的話，我們建議最好住院觀察兩天，明天再做詳細的檢查。」

白斌和他道謝，親自進去跟鄭田說了一會兒話。鄭田跟白斌不是同等級的，原本還委屈地叫著要報復，幾句話就被白斌說得喪了氣。

鄭田在酒吧這種地方鬧出事情，原本就不光彩，家裡也不會幫他找回面子，要是被家裡的鄭老爺子知道，也是免不了一頓罵。再加上他真的怕了李盛東，不只是那傢伙手裡有他的照片，光是想起那雙三角眼一垂，現在還能嚇得他直發顫……鄭田臉白得像包著頭的白紗布一樣，低著頭悶不吭聲，他知道這次這個虧是吃定了。

白斌看他這樣也不再多說，點到為止，只要鄭田識相不再惹事，這樣就夠了。

「你可以在這邊多休息幾天，畢竟是我朋友讓你受傷的，醫藥費我會承擔。」

鄭田被修理了一頓，現在還算老實，聽到白斌這麼說也點了頭，「我可以不說出去，你們得把照片還給我。」

丁浩一直在旁邊聽著，看到鄭田低著頭，還在動歪腦筋，心裡也有了怒火，「就你？你現在還有什麼資格談條件？我說鄭田，你頭上挨了一下，還沒清醒是吧？跟你說吧，還給你是不可能的，你老老實實地別耍花招，我們就肯定不會先貼出來。要是我再聽到有隻言片語說我壞話，哼哼，你的照片就等著公告天下吧！」

鄭田的臉色由白轉青，嘴唇都在發抖，「你、你怎麼這樣啊……我不說，也管不到別人說不說啊。」

丁浩對他呲牙笑了一下，雪白的牙齒在燈光下格外顯眼。

「對不起，我不管這些，只看結果。你最好希望沒人說，不然……」

鄭田聽懂了，他是打定主意，賴上自己了，如今也沒有別的退路，只能僵著脖子，點了一下頭，「我……儘量吧。」

丁浩要笑不笑地看著他，「好啊，那我也『儘量』不貼出來。」

鄭田頂多是個初級流氓，還停頓在身體這塊不前進，段數遠沒有丁浩高深，立刻就認輸了。

「……我知道了。」

兩人一個扮白臉一個扮黑臉地對鄭田軟硬兼施，這件事至此算是告一段落。

他們又跑回家去，稍微盥洗一下，換了一身衣服。家裡的被子不多，半夜也沒有商場還開著，只能急匆匆地拿幾條毯子，過去丁遠邊那裡。

丁遠邊還在等他們，張蒙跟丁泓也沒睡，被丁遠邊罵得不輕，都垂著腦袋。不過，張蒙是低頭抹眼淚，丁泓是想睡覺了在打瞌睡，腦袋一點一點地慢慢往下沉。

丁浩進來時的關門聲讓丁泓嚇了一跳，之後才揉著眼睛，繼續聽丁遠邊訓話。

丁遠邊的怒氣主要是針對張蒙，一整晚的目標都是她。看到張蒙哭得抽抽噎噎的，心裡的火氣也消了一點，但嘴上還是很嚴厲：「好了，去休息吧！哭哭哭，看妳幹什麼去了！明天跟我回家，我是管不了妳，也別出來丟人了，回去讓妳爸媽管好再說！」

張蒙的眼睛都哭腫了，她看到白斌從門口進來，生怕丁遠邊再把她之前的事念一遍，會被白斌聽見，立刻站起來擦掉淚，低頭走進房間了。白斌手裡正抱著一條毯子，想到那間房間裡沒有被子，順手給了她一條。

丁浩也拿了一條毯子給丁泓，對他指著張蒙對面的房間說：「去那邊睡一下吧，先蓋這個，要是還會冷就開空調，遙控器在床頭櫃的第一個抽屜裡。」

丁泓抱著毯子看了一下丁遠邊，見到他點頭才去睡。

丁遠邊看到白斌他們兩個進來，心裡就彆扭得發疼，連丁浩要去幫他倒水也拒絕了。

「不用。剛才在你們車上的那個人是誰？幹什麼的？」

丁浩有點拘謹，拿著水壺，依照之前跟白斌套好的話回答：

「是鄭副局的兒子，他在外面和人結仇，我們正好撞見，就把他送去醫院了……這件事您別說出去啊，他特別愛面子，萬一傳出去，說不定會跳樓。」

丁遠邊看了白斌一眼，那位坐得紋絲不動，表情更是沒什麼變化，也看不出有什麼不對勁。他也聽說過鄭家有幾個孩子會亂來，不再追問下去。

丁浩原本還留了幾句關於鄭田的話，不過看到丁遠邊沒問，也只好跟白斌一起坐在對面等他繼續說。

要是在平時，丁遠邊對他們兩個這樣的態度肯定會表揚。但是現在就不好說了，丁遠邊甚至覺得這兩個人坐得太近了。你看看，手都快碰到手了，這麼大的沙發還不坐遠一點，非要擠在一起？

丁遠邊觀察了一會兒，開口：「你們，什麼時候開始的？」

白斌揣摩了一下丁遠邊的心理，覺得不能說得太早，對丁遠邊打感情牌可不是明智的選擇，「剛上大學的時候。」

丁浩在旁邊適時地加入善意的謊言，「那時候大家都交女朋友了，我們就試了一下……咳，才發現誰都離不開誰。」

丁遠邊也猜到差不多是這樣，但是聽見他們親口說，心裡還是有點不舒服，「你之前跟李盛東又是怎麼回事？」

白斌剛要開口就被丁浩搶先一步。丁浩多了解他爸，當即捏住了丁遠邊的死穴：「爸，李盛東之前偷偷喜歡我，一直不敢說，那次是知道了我跟白斌的事情，突然跟我告白，死活要追我……」

丁遠邊也不傻，立刻哼了一聲，「追你需要脫了你的衣服嗎？」

這次連白斌也回頭看了丁浩一眼，丁浩不管他，臉上的表情還很嚴肅。

「是啊，爸您不知道，像他這麼亂來的，大有人在。我從知道自己喜歡男的以後，就覺得絕對不能辜負您對我的期望，一定要選個知根知底的，找個清白的人家，從善而行，從一而終……」

丁遠邊的嘴角抽了抽，「你要是怕辜負我的期望，怎麼不去找個女人？」

丁浩咬了咬牙，使出狠招，「我、我對女的不行……這是天生的！爸，我總不能禍害人家吧？」

丁遠邊壓著嗓門，也有點惱了，「那你就去害人家白斌嗎？」

丁家父子的言談出乎白斌的意料之外，他到現在都無法插嘴，聽到丁遠邊這麼問，也就真心地回答一句，「丁叔，沒關係的。」

丁遠邊被丁浩氣紅了眼，現在聽見白斌這麼說，也只覺得他是跟丁浩聯手起來氣人，瞪了白斌一眼，「我在問丁浩，沒問你！」

丁浩也不爭氣，立刻抓著白斌的手拆丁遠邊的臺，「爸，白斌說的就是我想說的……」

丁遠邊被他們一說一唱弄得臉紅脖子粗，最後也沒讓他們掰出個什麼。倒是白斌對他說了一番話，字句連貫，條理清晰，把從小到大的事講得很清楚，包括現在的生活跟以後的規畫，讓丁遠邊也稍微懂了。

這兩個孩子不是亂來，最起碼比起李盛東，白斌好太多了。

三個人談了半個晚上，眼看就快天亮了。丁遠邊上午還有一個會議，也顧不得休息，洗把臉清醒了一下就準備出門。

白斌把車鑰匙遞過去，「丁叔，這邊離辦公廳有點遠，要不然您先開……」

丁遠邊推開他的鑰匙，「不用。」看到丁浩也站在那邊，要送又不敢過來送的，終究還是心軟了。趁著在門口換皮鞋的時候也不回頭，含糊不清地說：「……你們也去休息一下，記得吃飯。」

丁遠邊覺得丁浩這孩子雖然淘氣，但是真的沒給他添麻煩，除了喜歡男人，比起機關裡那幫亂來的孩子們好太多了。想了一個上午，開完會回來就直接去了丁浩那邊。回去的時候還順便買了點吃的，現在家裡那幾個孩子估計都還沒起來。

而丁遠邊猜得沒錯，這幾個都還在睡覺。他進屋的時候，丁泓正在沙發上打瞌睡，聽見開門聲，揉著眼睛說：「小叔，丁浩幫您整理好房間，床鋪也弄好了，您去休息一下吧？」

「喔，好。」丁遠邊聽到這幾句話，心裡頓時變暖了，把買來的東西放在桌上，囑咐丁泓先吃一點，「丁浩他們呢？」

丁泓穿好拖鞋，先用手抓起一個小籠包，放在嘴裡吃。他昨天晚上就沒吃飽，現在早就餓了，含糊不清地回了話，「都還沒起來，還在睡覺……」

丁遠邊也累了，他主要是沒休息，也吃不下什麼，想先去睡一會兒。他依照丁泓指的房間過去，忽然皺起了眉頭。這間房子裡有三間房間，一間給張蒙用，一間丁浩整理好了給他用，還有一間是昨晚丁泓睡的，既然丁泓現在淪落到睡沙發，那估計早就被丁浩占走了……

只是，怎麼沒看見白斌？

他特別看了一下陽臺跟客廳，又去看了一下廚房跟洗手間，丁遠邊的目光漸漸集中在丁泓昨天睡的那間房間。手不由自主地放在了門把上，轉動一下，門只是關著，往裡面一推就微微開了一道縫。

這個房間原本是當成書房用的，大概是為了方便，只放了一張單人床在裡面。白斌正在床上睡著，當然他家的兔崽子也睡得正香，光著上半身，半個人都趴到白斌身上了。

白斌倒是穿著背心，但是那雙手一上一下地摟著，抱得也很結實。兩個人膩在一起，親密自然，就連輕微的呼吸聲都讓人覺得是重疊的。窗簾只拉上薄薄的一層，隱約有光線照進來，落在他們裹在腰間的毯子上……

丁遠邊是快過五十的人了，一整晚沒睡，又開了一上午的會議，操勞一天一夜的心面對事實，終於有點受不了了，後腦勺的血管突突直跳，眼前一黑，扶著門就暈過去了。

床上的兩人聽到門口的一聲悶響，也醒了。丁浩睜眼看見丁遠邊倒在地上，嚇得直接光腳就跳下來。他都把丁遠邊嚇暈了，伸手就去掐人中，「爸！爸，您怎麼了？」

白斌也起來了，他對急救略懂一些，仔細看了一下丁遠邊的情況。

「應該是勞累過度才會暈倒的，先抬去臥室。」

丁浩連忙跟白斌一起把丁遠邊抬到準備好的臥室，合力放在床上。動靜這麼大，弄得丁泓也從客廳跑過來看，「小叔怎麼了？剛才還在跟我說話，怎麼就暈倒了啊？」

白斌正在旁邊的床頭櫃裡找小醫藥箱，聽見丁泓問也沒空抬頭，「累的。」

丁浩把窗簾拉開，又開了一點窗戶，「白斌，通通風是不是比較好？可以通風吧？」

他看到白斌點頭，又把窗戶開大了一點，風不斷吹進來，丁浩光著腳又沒穿上衣，忍不住打了個噴嚏。

白斌將小藥丸放進丁遠邊的嘴裡，看到丁浩在旁邊冷得發抖，又催他回去加件衣服。

丁浩跑去隨手抓了一件長袖就往身上套，邊穿邊往這邊走，「白斌，要是不行，就打電話叫救護車吧……？」

他正說著，丁遠邊就醒來了。估計頭還是很暈，不過還能聽見丁浩說話，伸手擺了擺，「不用，我就是太累了……」

丁浩十分猶豫，看到丁遠邊又閉上眼睛了，就幫他拉上窗簾，「那，您先休息一會兒，有事叫我們。」

丁遠邊看到他跟在白斌後面要出去，一瞬間就想起了剛才的畫面，「丁浩，你要去哪裡？」

丁浩抓了抓腦袋，他被強行從睡眠中喚醒，還沒睡夠呢，聽到丁遠邊這麼問就順口說了一句，「我再回去睡一會兒啊。」

丁遠邊的一顆心又提起來了，招手讓丁浩過來，「你來這邊睡！過來！」

丁浩不懂丁遠邊的意思，白斌倒是聽懂了。再加上剛才丁遠邊在門口暈倒，十之八九不只是累的，也有可能是看見他跟丁浩一起睡覺，嚇了一跳。他也不拆穿，把丁浩往那邊推。

「你在這邊陪丁叔一會兒，我出去洗車，正好下午也要去辦公廳一趟。」

白斌幫他們父子關上門，看到丁浩老老實實地坐在床邊的背影，覺得心裡踏實了一點。

昨晚他們跟丁遠邊談得並不是很順利，主要是因為丁遠邊的態度很抗拒。不過今天丁遠邊像默默接受了這個事實，至少看見他跟丁浩同床睡覺也沒多反對，不是嗎？

白斌從丁遠邊進來後就醒了，不過他也沒起來，依舊跟平時睡覺時一樣抱著丁浩。他不覺得自己跟丁浩需要改變什麼，他們一直都是這樣，今後也會繼續如此，要認清並作出改變的人應該是丁遠邊。

丁遠邊是勉強認同了他們的關係，可是不認同他們這麼早就睡在一起，因此忍著頭痛跟丁浩扯了半天，繞來繞去地跟他講了一些大道理。不過實在是累到不行，說了一會兒，聲音就漸漸放輕了。

丁浩看到丁遠邊睡著了，這才出去找東西吃。他被吵了一陣子也清醒了，也大概聽懂了丁遠邊的意思，是覺得他跟白斌同房睡覺，風評不好。他剛才裝傻，也沒答應丁遠邊以後自己睡一間。

丁泓在客廳裡看書，見到丁浩出來，連忙去廚房端了蒸餃、燒賣出來。

「是小叔帶回來的，我剛熱好，你趁熱吃一點吧？」

丁浩也餓了，略微洗漱了一下就坐下來吃。丁遠邊一直覺得他喜歡吃這些小巧的東西，其實丁浩也只跟他要了一次，不知道怎麼就讓他記住了，從那時候起，每次教訓完丁浩都會買一點給他。丁媽媽說這是打了一棍再給顆糖，好人、壞人都讓丁遠邊一個人當了。

丁浩心裡明白，其實他爸只是脾氣不好又對他期望太高，哪個家長不望子成龍呢？想著想著，不知不覺就吃光了，他這才想起還有一個人沒吃飯，抬起頭問：「張蒙起來了沒？」

丁泓起初點了點頭，後來又立刻搖頭，「她醒了，就出來上了一趟洗手間，然後回房間就沒也再出來了。」

丁浩覺得很疑惑，「她這又是怎麼了？昨天挨的罵還沒讓她把脾氣改過來？」

丁泓想了想，試著站在張蒙的角度回答：「我覺得，可能是昨天哭了一整晚，把眼睛哭腫了，她不好意思出來見人……吧？」

丁浩哦了一聲，也不再多問。

現在下午已經過了一半，丁浩原本答應徐老先生要去實驗室幫忙，但現在回不去了，乾脆以家裡有人來為由打電話跟徐老先生請假。老先生很通情達理，還特意和丁浩家人問好，說是學校這邊由他處理。

剛掛斷電話，白斌也打過來了，『睡醒了？』

丁浩歪在沙發上打了個呵欠，「我醒了，我爸還沒醒。」聽到白斌在笑，也不再跟他扯下去，「你在外面吃飯了沒？」

白斌那邊的聲音有點雜亂，似乎在路上，還能聽到車喇叭的聲音，『吃過了，我有點事要去辦公廳，晚上可能會晚點回去，你們先去吃飯，不用等我了。』

丁浩喔了一聲，「知道了。」

他剛吃飽，也不急著吃晚飯，況且丁遠邊不知道要睡到幾點。

丁泓在旁邊眼巴巴地看著丁浩，等著他掛斷電話才小心地湊過去：「丁浩，你能不能借我也打一通電話？」見到丁浩看向他，又不好意思地解釋，「我手機沒電了，今天原本要去圖書館幫忙，我想跟老師說一聲。」

接過丁浩遞過來的手機，打完電話請好假，丁泓這才徹底鬆了口氣，「終於沒事了。」

丁浩把電視的聲音轉小，正拿著遙控器換台，聽見丁泓這麼說也說：「嗳，別高興得太早了，那間房間裡還有個惹事精呢！」

丁泓知道他在說張蒙，不過丁遠邊昨天就提前把這個惹事精判了刑，丁泓把判決結果轉達給他：「你不知道嗎？小叔昨天就說了，要把她帶回家去，交給姑姑她們管一管，好像不讓她在這邊上學了……」

丁浩昨天很晚回來，又一顆心全在想自己跟白斌的事，壓根就沒想到張蒙。聽見這個消息也有點驚訝，不過馬上就笑了，「真好，我可是好幾年沒看見姑姑修理她了！」

丁浩姑姑也是個了不起的人物，護起犢子來，跟丁浩的奶奶有得拚，但是修理孩子也跟丁浩他爸有得拚，是真正的巴掌跟甜棗並存。

張蒙之前在家都像個好孩子，裝得又乖又聽話，現在鬧出這一齣，估計免不了一頓皮肉痛。更要命的是，她以後基本上會被剝奪政治權利，嚴重一點估計還會受控制，時刻接受監督。

這種事，丁浩想一次就開心一次，眼睛都笑彎了。張蒙怕是再也掀不起什麼風浪，他爸也認清了這個女孩不識好歹，之後對她也是管教居多，不會隨便聽信她的話。這會省下多少麻煩啊，丁浩忍不住感慨了一下。

丁遠邊睡了一下午，還是司機打電話把他叫醒的。他們原定今天晚上要回去，而中午的招待宴丁遠邊沒去，只和司機留了電話、告知他的位置，讓司機臨走的時候叫他。

丁浩沒想到丁遠邊走得這麼突然，連忙問他，「爸，要不然我叫一點外賣來，您吃兩口再走吧？」

丁遠邊看了一下時間，點頭答應了。他這一天也沒吃到什麼東西，肚子很空，晚上趕夜車回去，估計又要很晚到家，「好吧，隨便叫一點，要快。」

丁浩打電話叫了附近的餐館，點了一份揚州炒飯及幾道速度快的熱菜。丁遠邊抓緊時間去沖澡，緩解了一下全身的疲勞，洗好後，丁浩點的飯菜也送到了，是用大托盤送上來的，連碗筷都是現成的，擺在上頭。

丁遠邊看丁浩點的分量很多，又看了他跟丁泓問，「你們一起吃一點吧？」

兩人搖頭，他們吃了一點丁遠邊之前帶回來的蒸餃、燒賣，現在肚子還很飽。

「我們不餓，您先吃。」

丁遠邊端著碗吃了兩口，又吩咐丁浩，「去把你姊叫出來，我有事跟她說。」

丁浩跑去敲了半天的門，說了兩遍張蒙才出來。一開門就把丁浩嚇了一跳，頓時明白她為什麼一整天都把自己關在房間裡了。

張蒙的眼睛腫得很厲害，遠遠看像兩顆核桃一樣，近看就更不能看了，嘴巴也上火了，有一圈泛紅起皮，低著頭不敢抬起來給人家看。她出來之後就站在客廳那邊，等著丁遠邊訓話，但今天丁遠邊已經沒有力氣跟她生氣了，孩子不是罵出來的，一次兩次還可以，如果老是這樣，誰理你啊？

丁遠邊對她下了最後通牒，「我今天回去，後天就讓妳爸媽來接妳回家。」

張蒙嚇得臉都白了，看樣子又想哭，「小舅，您別讓我媽來，我自己回去可以嗎？」

丁遠邊點頭答應，「那好，把學校裡的東西收拾一下，趕緊回家，別亂跑。我跟妳說，張蒙，妳要是再不聽話，我就真的不管妳了，以後有什麼事就去跟妳媽說，聽見沒？」

張蒙老實了，低頭說好，一邊說一邊掉眼淚，臉上的核桃大有往桃子發展的趨勢。

來接丁遠邊的車比白斌早一步到。丁遠邊沒等白斌，臨走的時候想再跟丁浩囑咐什麼，但是礙著丁泓、張蒙都在，醞釀了半天情緒也沒說出口，嘆了口氣，對丁浩叮囑學業要跟上就走了。

而丁泓要先走，但丁浩不答應，死活要留丁泓再住一晚。開玩笑，只有他跟張蒙待在一間屋子裡，怎麼樣也得留個證人啊，要是張蒙再弄出什麼事來，他可扛不了。

丁泓覺得這裡離學校也不遠，就留下來了，倒是張蒙自己沒心情吃飯，端著飯碗沒吃幾口，後來乾脆跑出去一趟。丁泓有點緊張，「你說，她去幹嘛了……會不會又跑了啊？」

丁浩收拾好了桌上的碗筷，打電話叫外賣來收托盤，聽到丁泓這麼說也咧了咧嘴，「你問我，我問誰？可能她大小姐吃不慣外賣，出去吃好的了……」想到剛才張蒙這個不吃，那個不吃的，好心情也沒了，「你管她那麼多。」

張蒙出去了半天才回來，跟她一起進來的還有白斌，這讓丁泓驚奇了一把。這孩子有點不明白，「張蒙，妳去找白斌了？」

張蒙臉上架著一副茶色的墨鏡，看起來順眼了一點，咬著嘴唇小聲地對丁泓說：「沒有，我是沒拿社區的磁卡，進不來，就一直在外面等……幸好碰見白斌了。」

丁泓昨天還跟她吵過一架，現在聽到她溫柔嬌弱的語氣很不適應。她怎麼出去一趟就變成小白花了？丁泓的心思沒張蒙複雜，不過老實人提的問題往往更難回答。

「那妳怎麼不按門鈴啊？樓下不是每戶都有對講機？」

張蒙被他堵住了嘴，臉上一紅一白，也不知道該說什麼。

她剛才出去買墨鏡又吃了點東西，回來正好看見白斌開車往停車場那邊去，特意留在社區門口等他一起上來。丁泓這傻小子不懂少女心，直接把她戳破了，使張蒙的獨角戲唱不下去，當著白斌也不好對丁泓擺臉色，勉強笑了一下，「我不太舒服，剛才路上也吹了點風，有點頭痛……」

丁泓正在把白斌帶回來的宵夜擺出來，兩份小吃、一份酒釀湯圓，聽到張蒙說這句，也有點摸不著頭緒。不過張蒙那句頭痛他倒是聽見了，還故意接話：「這樣啊，那晚上就不能吃東西了！妳快去休息吧，明天妳要回學校收拾東西，不用上課對吧？我不叫妳，妳多休息一會兒啊。」

張蒙被他氣到手都在抖了，她是想留在客廳，讓白斌幫她找點藥，趁機說幾句話。如今被丁泓這麼說，只能一步一挪地回房間了。

而白斌的注意力都放在丁浩身上，「喝點湯吧，我特意讓店家多加了糖水。」

丁浩下午吃多了，不怎麼想吃東西，聽見白斌這麼說，就接過勺子嘗了兩口酒釀湯圓。丁泓除了正餐以外從不亂吃東西，謝過白斌的好意，陪他們坐了一會兒後也去休息了。他是正經的好孩子，上課從不遲到，晚上從不十二點之後入睡。

丁浩盤著腿坐在沙發上吃東西，有一口沒一口的，一碗的湯水眼看就要冷掉了。白斌在旁邊接過碗來，拿勺子餵他吃剩下的，「怎麼了，是不是丁叔臨走的時候說什麼了？」

丁浩搖了搖頭，「沒啊，我就是……」就是覺得你太惹人喜歡了。丁浩看著白斌一臉認真地看著自己，忽然就說不出口了，喜歡白斌的人多得是，不過白斌喜歡的……嘿嘿嘿！

白斌看到小孩發了一會兒呆又忽然笑起來，更是疑惑，「又在想什麼？」

丁浩唔了一聲，握著白斌的手腕，不讓他繼續用勺子餵食，舔了舔嘴巴，視線也落在白斌的嘴上，瞇著眼睛笑道：「白斌，你餵我吃吧？」

白斌瞬間就領會了這個建議，大方地接受了，自己吃進一口，送進丁浩嘴裡。

小舌頭高興地迎了上來，甜甜的，帶著一些糯米酒的味道，直到分食、吞嚥下去，還覺得仍有餘味。白斌捨不得從丁浩嘴裡撤出來，舌頭勾著裡面的柔軟一同糾纏，舔過敏感的舌根，連牙齒都不放過地掃蕩了一遍，懷裡的人被親得腰都抖了一下。

這種時候也沒心情繼續吃東西了，丁浩抱著白斌的脖子，左邊的小酒窩若隱若現，嘴也被親得濕潤，「……回書房吧？」

白斌看著他，又低頭狠狠親了那惹火的小嘴，把他親到腰都軟了還一直纏著不放，之後才抱著走去書房。他們昨天搶了丁泓睡的地方，作為補償，丁浩今天把大房間留給丁泓住，自己跟白斌還是睡昨天那個書房，應該說，特別去睡的書房。畢竟丁遠邊下午還在大臥室休息過，丁浩臉皮再厚也羞得有點慌。

書房的床很小，兩個人抱得緊緊的，白斌頂進去的時候都被丁浩抓了一下後背。跟以往的不同，這次一進去就被柔軟的內壁夾住，丁浩每個呼吸都讓他覺得被帶得更深入，像是在主動要求更多一般，格外有感覺。

白斌放慢了速度，停在裡面等丁浩適應。親了親他的額頭，順著眉毛、眼睛、鼻子一路親吻下來，最後吻住他的嘴巴，含住他的舌頭，腰腹開始強而有力地律動。

這麼小的地方，丁浩只能抱著他，可是抱得越緊，被頂得越厲害，「唔唔」的聲音被堵在嘴中發不出來，倒是被逼得眼淚上湧。

「嗯……嗯唔……」

白斌被他上面的小嘴纏住舌頭，親暱交纏，也被下面的小嘴咬住粗大，隨著進出吮吸。通道漸漸濕潤滑膩，進出的時候還會發出「噗滋」的聲音，這聲音傳到丁浩耳裡，讓他的臉更是發燙，雙腿纏住白斌的腰磨蹭了一下。

白斌沒放開他，依舊堵著他的嘴巴，連同灼熱的呼吸一起分享、占有，下面也加大了力道。丁浩的雙腿緊夾著不放，白斌做不了什麼動作，也不急著進出，反而在裡面繞起了圈，圍著裡面的敏感突起處輾轉研磨。果然被吸得更緊，像是在求他進去一樣吞吃著。

「好軟……」

滑過敏感的刺激太強烈，丁浩忍不住顫了一下，連下面也不由自主地顫抖吞吸。

「不是……唔，嗯嗯啊……」

果然，馬上被白斌使勁地「欺負」回去了。丁浩感覺到裡面的又脹大了一些，知道這是要來真的了，伸手抱住白斌的脖子，找到他的唇堵住嘴。他擔心自己會叫出聲。

白斌吻住他的嘴後挺進去，更深更快，力量大到幾乎快讓丁浩吃不消。後面的小穴被快速進出弄得火辣辣的，每次摩擦都能帶來顫抖的快感。丁浩貼著白斌，隨著強力的動作，前面也蹭過那個人結實的小腹，快感強烈到滲出眼淚。

耳邊聽著抽送發出的黏膩聲音，還有丁浩忍不住從接合的唇間溢出來的喘息……白斌恨不得整個人都埋進他的裡面。出來一點，立刻撞得更深，攪動不休。

兩人算是真正的「纏綿」了一次。地方狹小，白斌無法施展身體，多半的時間都是兩個都在廝磨。丁浩被他弄出來兩次，腰都發軟了，白斌這才挺進深處，把種子撒進去。

丁浩被燙得發顫，腿也有點掛不住，小小地哼了一聲。

白斌被他這一聲撓得差點又硬了，趁著剛出來，還沒軟下去，又淺淺地抽動了一次才放過他。

「小壞蛋。」

丁浩被「用心照顧」了一整晚，第二天起來時，腿還在發軟。白斌想讓他再請一天假，但丁浩不答應，他死活不承認自己是被白斌做到下不了床。

「不用，我自己能去學校！」

白斌對他偶爾的固執也無可奈何，只能親自送他去。丁泓怕上課遲到，早就起來自己先走了，怕丁浩擔心，還在客廳留了一張字條。而張蒙為了她那雙紅腫的眼睛，對著鏡子整理了半天，很晚離開，不過因禍得福，正好搭到順風車，也讓白斌順路載她。

三個人在路上吃早點，是白斌去排隊買的，順便也幫張蒙拿了一份。她明顯有點激動，趁著白斌回去拿豆漿跟吸管時偷偷問丁浩：「噯，丁浩，白斌……他女朋友漂亮嗎？」

這次問得比較婉轉，也記得給自己留了後路。丁浩斜眼看著她，一句話就把後路堵死。

「當然漂亮啊。」

張蒙看樣子還不死心，用叉子繞起炒粉，在盤子裡弄來弄去，「也跟白斌同一間學校？是什麼樣的人啊？」

丁浩眉飛色舞地跟張蒙說，說得很起勁：

「是啊，人家是高幹子弟，上能從政，下能經商，會理財、能賺錢，房產也多！平時在學校為人低調，跟老師同學關係融洽，老師都哭著喊著求他留校……咳，反正全校有名！」

張蒙有點喪氣，這條件也太好了，「那他們很要好吧？」

丁浩笑彎了眼，連連點頭，這時白斌端了豆漿過來，看見丁浩在笑也問了一句：「在說什麼？」

丁浩把一杯冰豆漿放到自己面前，對白斌眨眼，「張蒙問你跟你『女友』關係怎麼樣，白斌你自己說吧？」

白斌幫丁浩換成一杯溫的，把那杯冰豆漿放到自己面前，說得雲淡風輕，「嗯，還行，滿幸福的。」

丁浩被他那句「幸福」刺激到腰痛，他覺得昨天是「幸福」過頭了。看看白斌那一本正經的臉，也不知道他是在開有色笑話還是陳述事實。丁浩低頭吃自己的早飯，白斌的段數永遠是他無法企及的高度。

張蒙被白斌的一句話完全打破希望，也勉強笑了一下。不過她也沒把心思都放在白斌身上，自己傷心了一會兒就好了。

下車的時候，張蒙試著跟白斌要電話號碼。白斌以工作忙，不方便接聽為由拒絕了，客氣地跟她說：「如果真的有事，妳可以找丁浩，他能找到我。」也不等她回應，方向盤一打就走了。他還要抓緊時間送丁浩去學校，沒那麼多閒工夫關心旁人。

這件事算是告一段落，張蒙回去就被關了禁閉。丁浩他姑姑也被她刺激到了，光是教訓她就用了兩支雞毛撣子，最後母女倆一起哭了一場。

張蒙家想讓孩子留在市內上學，就去求了丁遠邊。丁遠邊被姊姊丁蓉哭得一把鼻涕一把淚地說到心軟了，指了一條路，讓她們自己花錢去上技術學校。之前是丁遠邊一手包辦上學的事，現在輪到自己花錢才覺得心痛，張蒙她爸對她們母女兩個也沒有好脾氣，看到張蒙亂花錢就罵了她一頓。

丁蓉狠下心來，她只有這麼一個女兒，再不教好，一輩子就毀了。這麼想著，她就關掉自己的小店鋪，陪張蒙一起去市內讀書了。不過沒有不透風的牆，張蒙從外地回來上學的原因還是慢慢地傳了出去。丁泓終於沉冤得雪，張蒙在家撒的謊被揭穿了，原本被說老是偷偷跟蹤她的丁泓，變成了拯救失足少女的大功臣。

後知後覺的丁泓爸媽這才知道自家兒子被張蒙一家冤枉了。丁泓他媽的面子過不去，她就在疑惑之前為什麼妹妹、妹夫對他們家陰陽怪氣的，敢情是這裡出了問題。她也不是個軟柿子，任人揉捏，揪著丁泓的耳朵囑咐他：「以後不許跟張蒙來往了，知道嗎？她不是個好人家的女兒！哼！」

鎮上起初還有幾個說閒話的，不過馬上就被另一件事吸引了。丁遠邊的工作表現出色，被調職到政協幫忙了。雖然那個地方的瑣事很多，不過這是不折不扣的高升。

丁奶奶才在為張蒙的事嘆了幾口氣，就又聽見丁遠邊的事，為此感到高興。老人覺得三個兒女中，有一個能成才的也該知足了，對張蒙也不多要求，她還有她的寶貝浩浩不是？想到丁浩，老人就開心起來，這個小開心果也快放假了，說是放假後就要回來看她呢。

丁遠邊對職務升遷的事心裡也很清楚，他做得是不錯，在這個位子上也待夠久了，但是這也不是單憑本事跟資歷，說要升就能升一級的事，一堆有能耐的人都在排隊等空缺呢。丁遠邊知道自己的斤兩，拿到正式發下來的公文之後馬上去了白家。

他是白書記一手提拔上來的，現在能高升，也免不了白家的幫忙，市內說到底還是白老爺子能說話。

白老爺子親切地約丁遠邊到書房去談，不知道是不是自己的錯覺，丁遠邊總覺得白老爺子的語氣裡帶著一絲愧疚……他原本只是來跟白老爺子道謝的，畢竟他也不曉得白家知不知道丁浩跟白斌的事，但聽到白老爺子話裡的意思，也不好再裝傻下去。

白老爺子圍繞著那兩個孩小的事繞來繞去，語氣裡對丁浩頗是喜愛，幾句話誇下來，讓丁遠邊紅著一張老臉，連連擺手，「老爺子，您過獎了，我家那皮小子在外面沒給白斌多添麻煩，我就謝天謝地了，這還得多謝白斌平時照顧他……」

丁遠邊一直覺得是丁浩先有這種毛病，潛意識的想法是丁浩「傳染」給白斌，帶歪了人家。一先入為主，立刻陷入被動。

他的太極拳顯然沒有白老爺子打得漂亮，幾句話就讓老頭摸透了心思。老頭也不點破，笑呵呵地安慰他，「丁浩這孩子啊，我也算是從小看著他長大的，是個好孩子。」

丁遠邊在一旁陪笑聽著，畢竟是自己的老長官，他坐在那裡，難免有些拘謹。

白老爺子也不提白斌的事，只說了幾件丁浩小時候的趣事，讓丁遠邊有點感動。他知道丁浩跟白斌很要好，但沒想到連白老爺子也這麼疼他，連小時候的事都記得很清楚。

這一步棋下對了地方，看到丁遠邊有所鬆動，白老爺子又對兩個孩子以後的工作規畫做了一些設想。因為白斌肯定是要跟在丁浩一起的，白老爺子設想的時候，都把丁浩直接綁定了。

這樣一來，丁遠邊對老頭更是感激，也隱約覺得白老爺子也知道丁浩跟白斌的事了。不知道白斌怎麼跟家裡說的，不但不怪他們，還拚命地真心為兩人費心幫忙。丁遠邊這次是真的認真考慮起了白斌在A市跟他說的那些話，如果依照白老爺子現在的規畫，這兩人要在一起應該也是可行的。

白老爺子做事很有分寸，看到白斌他們的事情有點進展了，立刻又轉回話題，說起了丁遠邊的升遷。老人囑咐丁遠邊要好好工作，又提點了幾個要注意的地方。

丁遠邊是自己爬上來的，對白老爺子的這些經驗之談很是佩服，認真聽完後保證會好好工作，兩人談了半日才分開。

白老爺子隨後打了一通電話給白斌，雖然語氣不好，但是也能聽出對兩人的關心。

「白斌，你等等跟浩浩說他爸那邊已經答應了，讓他徹底放心吧！放假時先……什麼真的假的?當然是真的！你別替他說好話，我都聽見了，是浩浩在旁邊讓你問的吧？」

老人鬍子氣得一抖一抖的，「竟然敢懷疑爺爺！好了，別說那些沒用的，我都幫你們說好了，放假時先回來爺爺這邊，就這麼說定了！」也不再聽那邊解釋，俐落地掛了電話。

他其實就是想讓這兩個小子先回來看看他，同樣是老一輩的，自家孫子老是往老丁家跑算怎麼回事？

白老爺子強忍住自己想那兩個孩子的心，拚命告訴自己這是心理不平衡、這只是心理不平衡……

第六章　好消息

丁浩跟白斌放假後，果然先回到白老爺子那裡，直接在那邊住了一段時間，直到老頭滿意為止。期間，丁遠邊打電話來問過丁浩的去向，得知是白老爺子留他們下來的，也沒再要求他必須回家，只是適時地提醒丁浩在白斌家要注意分寸，不能亂來。

丁浩對這個「亂來」很有感觸，掛掉電話立刻跑到樓上去找白斌。他要認真地告訴白斌丁遠邊的這句話，因為這個人自從回家後，每天晚上簡直就在亂來！今天早上也是，明知道白露放假後肯定會來這邊，竟然不管不顧地壓著他，做了個身心舒爽。

要是白露突然闖進來怎麼辦？當然，門鎖著她進不來，可是再退一步，讓白露在門口拚命敲門，風評也不好啊！丁浩覺得白斌需要忠言逆耳了，丁遠邊這句「亂來」用得很貼切，完全說到了重點。

白斌正在房間裡跟董飛講電話，看見丁浩進來也不在意，還招手讓他過來，「董飛說你之前讓他去看的房子有兩棟附花園的還有名額，問你要不要？」

丁浩立刻扔掉之前玩鬧的心思，因為他是特意讓董飛幫忙留意D市的小別墅的。

董飛是D市人，那裡大部分是內部供房，新蓋的房子都是掛在部隊單位的名下，不問董飛還真的得不到消息。

「一坪多少錢？」

白斌剛問過價格，點了點桌上的紙，「喏，原價是一千七，不過對外會稍微貴一點，多拿三萬吧。都是兩層附帶閣樓，有車庫和院子。」

丁浩覺得這跟白撿的便宜沒什麼區別，一千七啊，夠付建材費嗎！轉讓價格也還可以，丁浩不打算頂著白斌的名號去買，這對白斌的影響不好，而且三萬對以後的翻倍增值來說也不算什麼。

「好，你跟董飛說，幫我訂下那兩套吧，我下午匯錢給他。」

白斌挑了一下眉毛，對丁浩這麼痛快的決定有點疑惑，不過還是照他的意思跟董飛說。董飛表示不用急著匯錢過來，因為房子正在簡單裝修，會晚一些交屋，等拿到鑰匙再給錢也不遲。

丁浩這才了解到那三萬不只是轉讓費，還包含了簡單裝修的費用……丁浩默默計算了一下兩個房子的面積大小，深深覺得自己這次真是賺到了。

白斌掛掉電話，看見小孩在那邊掰手指算數字，覺得很有意思，一把抱住他後帶到自己懷裡來，「這樣就在數手指了？你戶頭裡的錢算得完嗎？」

丁浩在他懷裡繼續算，也不忘記回他一句：「那是你的卡，你的錢，這才是我的……別吵，我在心算，你打擾到我了！」

白斌離他很近，都能聽見他嘟囔的一串數字了，這還叫心算嗎？白斌在後面咬他耳朵：

「別算了，我都幫你在紙上列好了。」

丁浩被他堵了一下，抬頭看了那張紙一眼，果然工工整整地列著一排數字。坪數、裝修前後的價位以及數目的總和。白斌在後面不依不饒地咬他耳朵，「浩浩，你在D市買房子做什麼？」

這個問題白斌問過好幾次，丁浩也搬出之前的答案來堵他，「就是那邊房子便宜啊……噯噯，別咬！我說實話，說實話！其實我是看中D市的空氣好，環境不錯，很適合老人居住……」

白斌疑惑地看著他，「我們現在還不用想養老的事吧？」

丁浩好不容易把自己的耳朵拯救回來，一邊揉一邊繼續為他解釋，「不是我們，等以後我奶奶或者白爺爺他們想去玩的時候可以住啊，老人不都喜歡腳踏實地嗎？那邊氣候溫和，離風景區又近，正好。」

白斌還是覺得哪裡很奇怪，又說不上來。他不明白丁浩為什麼對D市這麼執著，還了解得這麼清楚，應該查了很久的資料吧？白斌試著問他，「你想去那邊玩嗎？」

丁浩搖搖頭，笑道：「不了，等以後有機會再去吧。」

如果還是跟以前一樣，白斌在兩年之後會離開A市，去任職的第一個地方就是D市。那是白斌的福地，他也是在D市偶然遇到了白斌，那裡有他們太多糾纏在一起的回憶了。丁浩等著時間的安排，他這次不再對那個城市有所抗拒——這次不是白斌強行帶他去的D市，是他心甘情願陪白斌去的地方。

白斌看到他笑出來的酒窩，心裡一陣騷癢，他似乎對小孩越來越沒有抵抗力了。只是抱著、看著，無法讓白斌滿足。他忍不住低頭咬了他的鼻子一下，又落在他的嘴上輕輕舔了兩口，像是在嘗味道。

丁浩也伸出舌頭來舔了他一下，正好碰到白斌的舌頭，抵住並慢慢地摩擦而過，鮮紅的舌尖縮回去咂咂嘴，「白斌，你早上是不是用我的漱口水？我那個薄荷味比你的濃……」

白斌對他這句挑釁只有一個回答——覆上雙唇，讓丁浩再次好好品嘗了一下。丁浩揪著他的襯衫，毫不畏懼地貼合上去，頂著白斌的舌頭探回他嘴裡。開玩笑，他的技術可是……

「啊啊啊啊！！」

東西掉在門口的聲音跟尖叫聲幾乎同時響起，丁浩嚇得差點咬到白斌的舌頭。連忙分開並退出來，帶起一絲透明銀線的唇角更透著說不清的誘惑。

門口的那位受到了刺激，又扯開嗓門大喊：「丁浩——！！」

丁浩這次也看清楚在門口是誰了——是白斌的頭號粉絲白露。

他被白露那張氣勢洶洶的小臉震懾住，蹭的一下就從白斌身上站起來，擺著手和她結結巴巴地解釋：「白白白、白露！我跟妳說，這不怪我！是妳哥……哎喲！妳別亂扔東西！」

白露在部隊裡練得手腕靈活，拿東西扔丁浩都不會擦過白斌的衣角。小女生扔著扔著，眼眶都紅了：「丁浩，你對我哥做什麼了……你給我出來！不准躲在我哥後面！！你這個、這個占我哥便宜的臭淫賊！！」

丁浩差點噴出一口血！白露，妳有長眼嗎！分明是妳哥占我便宜，妳哥才是淫賊啊！

白斌看到白露把帶來的那袋水果扔完了，還抽抽噎噎的沒脾氣了，這才開口，「白露，把房間打掃乾淨，然後到客廳來。」說完，抓著丁浩的手腕就從小女生的身邊出去了。

白露看著她哥跟丁浩握著的手，耳裡來回想著她哥說的話，被嚇得連哭聲都停住了。眼淚在眼眶裡轉了幾圈，小女生抽了抽嘴角，哇的一聲哭得更大聲了。她哥這次是真的被丁浩搶走了啊！

白露邊哭邊打掃房間。她扔的水果是柳丁，買的時候老闆保證是新鮮的，可是扔了半天也沒見到有一顆破皮。白露收拾好，重新放回袋子裡後提了下去，她覺得自己上當了，新鮮柳丁哪有皮這麼厚的，都快跟丁浩的臉皮一樣了！

白露委屈，丁浩鬱悶，白斌則板著臉坐在中間，言簡意賅地說明了他跟丁浩的關係，並且指責了白露的野蠻行為：「白傑跟妳說過了吧？我跟丁浩的事妳不知道嗎？今天還拿東西亂扔，白露，妳越來越沒有規矩了！」

白露的眼眶又紅了。在白傑跟麗莎回去前，她有聽他們說過一次，不過她沒當真啊！今天看見丁浩按著她哥啃個不停，這才發現……小女生低下頭，默默地把腦海中一上一下的兩個人調換了一下。她覺得丁浩壞透了，淨占她哥便宜，她哥是在委屈推拒，實在沒辦法才被丁浩按在下面……

要是丁浩知道白露是這麼想的，估計一點都不在意白露拿東西扔他了，他恨不得立刻實行白露腦補的想法一百次啊，一百次！

白露被白斌罵了一頓，保證以後會給予丁浩應有的尊敬後，白斌這才勉強原諒了她。小女生被逼著叫丁浩一聲哥，還紅著眼眶，說了幾句祝福的話，「哥，我祝你……嗚嗚，我祝福你，幸福一輩子……」

聲音又委屈又哀怨，丁浩聽到後，渾身汗毛都豎起來了。他覺得這不像祝福，這壓根就是詛咒啊！丁浩還來不及跟白斌說那句「亂來」，白露就希望他一輩子性福了。

白斌倒是大方地接受了白露的祝福，也好好地跟小女生說了幾句，「以後不要再欺負丁浩，大家都是一家人。」

白露兩眼淚汪汪地點了頭，再抬起來，眼淚就嘩啦啦地掉下來。她後悔啊，早知道丁浩這隻狼的野心，她就多提防他了！她哥活生生地被丁浩欺負了啊！

白露小妹妹一邊抹著眼淚，一邊接受了她哥跟丁浩的關係，心裡一抽一抽地發疼。她忍不住打了一通電話給遠在義大利的白傑，還沒發表內心的傷痛就被白傑打斷了，『姊，我跟麗莎在趕飛機，明天下午到家，等我回去再說吧。』

白露覺得很奇怪，這兩人不是剛回義大利沒幾個月嗎，怎麼又要回國了？

「你學位弄完了？麗莎那邊不是也要申請學校嗎？」

白傑的訊號不太好，說得斷斷續續的。白露勉強聽出他們都在義大利交代好了，似乎要回國常駐，還想再問什麼，就聽見白傑簡單地說了幾句，要結束通話。

『……總之，明天下午見了面再說吧，我們馬上要登機了，先不說了，拜！』

白露拿著嘟嘟直響的電話有點傻眼，白傑原本跟家裡說好還要在義大利待一年，麗莎那邊也正好準備一下來這邊考試，怎麼又急匆匆地趕回來了？這是在唱哪一齣啊？

白傑這次唱的戲分有點重，回家的第二天，不但驚動了白老爺子，就連遠在G市的父母也扔下手邊的工作趕了回來。丁浩如今也算是這個家的成員，白老爺子讓白斌帶丁浩來，也坐在客廳裡。一家人齊聚在客廳，目光緊緊地盯著麗莎——準確來說，是麗莎的肚子。

麗莎被看得有點不知所措，用手擋住自己的小腹，往後退了兩步，躲在白傑身後。

白傑安慰地拍了拍她的手，讓她貼著自己坐下，「不怕。」

白老爺子咳了一聲，也不好意思再盯著麗莎看，「白傑，這……幾個月了？」

白傑倒是很坦然，聽見白老爺子問，居然還帶著一點笑意，跟麗莎握了一下手，嘴角開始上揚，「差不多快三個月了。」

在座的人親耳聽到，果然效果不一樣，明顯各有不同。

白老爺子也笑了，白書記夫婦被嚇了一跳，目光又轉回麗莎身上，來回看著小女生勉強算得上微微凸起的小腹……真的有寶寶了？他們要當爺爺奶奶了？這太夢幻了。白書記夫婦一大早接到白傑的電話就趕回來，現在還覺得有點暈。

丁浩跟白斌倒是沒什麼太大的反應，他們昨天就被白傑震撼了一次，今天鎮定多了。丁浩體貼地幫麗莎拿水果，放在她手邊，麗莎現在特別喜歡吃水果，尤其是哈密瓜，有的時候自己一個人就能吃掉半顆。

白斌他媽看到丁浩上前送水果，這才發現客廳裡還有其他人，心裡跳了一下，忍不住又多看了兩眼。她看見丁浩幫麗莎拿完水果，又坐到白斌旁邊咬耳朵的時候眼皮都跳了兩下，有點說不清的感覺。

白書記沒她那麼敏感，注意力全都放在白傑跟麗莎身上，眉頭擰得一圈又一圈，「白傑啊，你們這次回來是？」

白傑幫麗莎拿了紙巾，很細心照顧，聽見白書記問起，也直接說了自己的打算。

「我想回國舉行婚禮。當然，我跟麗莎的年齡不夠，希望能先在家裡辦一個訂婚儀式，等年齡到了再登記。」

白老爺子插了一句話，「那寶寶呢？」

白傑笑了，「肯定要生下來啊，我跟麗莎也沒想到會這麼突然，不過也很高興。爺爺，以後您的輩分要升一級了。」

白老爺子聽到他這句話，笑彎了眼睛，摸著鬍子想像光著屁股的小不點滿屋子亂爬的情形，嘴都闔不攏了。

白書記沒那麼樂觀，他看到麗莎眨著眼睛左看看右看看，努力用最和藹慈祥的語氣問小女生：「麗莎是吧？我是白傑的父親，很高興能見到妳，也歡迎妳來我們家……」

白老爺子對他就沒那麼好了，哼了一聲，「人家麗莎之前還在這裡住了半個月，不是第一次來，你不用在這裡客氣了。」

白書記也知道他們兩個平時很少照顧到孩子，聽到白老爺子嗆他，也不敢抬頭回話，一臉尷尬地不知道該怎麼接下去。

白傑在麗莎耳邊嘀咕了幾句，又指了指白書記那邊，這女孩立刻開心地對白書記喊了一句，「爸爸！」再回頭看看白書記旁邊的張娟，「媽媽！」

麗莎的中文不怎麼樣，不過這兩個特殊稱謂的發音很標準，再加上肚子裡有分量的小東西，白書記夫婦被她喊得心都發甜了。不管怎麼說，都是自家兒子欺負了人家女生，白書記兩人心裡多少有點愧疚。但是傳統觀念裡還是子嗣為重，麗莎這麼叫了他們，兩人也趕忙接話，「好孩子！」

白書記看到這兩人一臉幸福的模樣，小心地問：「那個，白傑啊，之前你跟麗莎交往的事我跟你媽，當然，還有你爺爺他們，我們都是同意的。這次，咳，你跟麗莎這次的事……麗莎的父母知道嗎？」

麗莎用一句中文征服了白書記夫婦，現在很是高興，聽到白書紀說到自己的名字，也睜大了水汪汪的藍眼睛努力地看口型，努力聽懂。

託之前在白家住過一小段時間的福，小女生居然聽懂了，用練習過的中文熱情地搶答：「知道！我爸爸幫我做的檢查！是個很健康的寶寶喔！」

白書記看著麗莎一臉得意的表情，有點哭笑不得，但想到外國人早結婚的也多，也就釋然了。看見麗莎一副等待表揚地看著他，白書記立刻誇了她兩句，「那、那真是不錯……」

張娟倒是對直來直往的外國媳婦添了幾分好感，得知麗莎他們是坐了十幾個小時的飛機回來時，有點擔心地看著她問：「懷著寶寶可以坐飛機嗎？會不會對身體有影響？」

張娟說得有點快，麗莎沒聽懂，白傑則在旁邊替她回答：「不要緊，回來前我們去醫院特意做過檢查。麗莎的爸爸說她跟寶寶的身體情況都很棒，這時候坐飛機回來沒有問題。」

張娟聽到白傑的話也放下心來。她聽白老爺子說過麗莎家的情況，這個外國小女生的父親是醫生，母親從事教育工作，這讓保守的張娟對小女生的印象加分不少。再想到白傑在國外孤單一人，又身體不好，肯定很常麻煩人家，也就對麗莎親熱起來。

張娟覺得，這可能真的是緣分吧，要不然怎麼會飄洋越海地遇到對方呢？白傑小時候一直跟著她，可以說最擔心白傑的就是她，如今沒想到白傑都當爸了。張娟心裡很是感慨，總而言之，還是欣慰居多。

這個突如其來的小生命，讓白家由起初的驚訝慢慢轉為驚喜。

白老爺子雖然是個比較傳統的人，但是他心裡也有個小算盤。他知道白斌的事之後，就把希望放到了白傑身上，本來想要以後讓白傑幫白家傳宗接代，並多生個孩子送給白斌養。現在白傑提前完成任務了，看他跟麗莎親密的樣子，以後肯定還會有曾孫子、曾孫女！老頭一想起這個就開心，眼睛都瞇成一條縫了。年齡的問題？丁浩的性別他都不在乎了，白傑十九歲當爸根本就不算問題！

而白書記、張娟夫婦倆是這麼想的，一來這個小生命他們家完全負擔得起，二來他們沒想過白傑會這麼快就定下來。

白傑從小就跳級讀書，又不愛說話，平時幾乎沒跟同齡人接觸過，他們一直以為這孩子得到三十歲才要找媳婦，誰知道一眨眼就當爸了！唉，雖說是早了一點，但是之前那十幾二十年，白傑不都也是蹦跳過來了？跳級慣了，連結婚生子也習慣性提前了。

想到白傑在國外讀書，接受的教育不同卻還記得回國結婚，白書記夫婦又小小地欣慰了一把，覺得小兒子還是很在乎他們這個大家庭的。

家庭聚會在和睦融洽的氣氛中結束了，之後大家又一起去吃了一頓飯，算是為白傑跟麗莎接風洗塵，歡迎麗莎正式進入白家。席間，張娟對麗莎格外照顧，時不時幫小女生夾菜，看見她喜歡吃清爽的，又特意多點了幾道放在麗莎手邊，「多吃點啊！」

麗莎心思單純，語言溝通起來有點不方便，但也能看出張娟善意的微笑，也笑得一臉燦爛地說了謝謝，「媽媽真好！」

張娟被她這張小甜嘴叫得更是歡喜，覺得麗莎越看越順眼，尤其是看到小女生微微凸起的小腹，更是笑彎了眼，「乖，真是個好孩子！」

白老爺子跟白傑在一旁商量訂婚的細節，白書記有幾次想要插話，都被白老爺子有意識地擋了下來。老頭覺得白書記這個當爹的不合格，像沒聽見他說話一樣繼續跟白傑討論：「日子可以延後一點，訂好後通知一下麗莎的父母。機票由我們出，讓親家都來這邊，熱熱鬧鬧的才好……白斌啊！這件事由你去辦，聽見沒？」

白斌在對面點了頭，「好。」

白書記看到大兒子應了一聲後立刻又低下頭剝蝦，急得有點冒汗，「爸，讓白斌去辦有點不好吧？多不正式啊，不如您讓我……」

白老爺子端著茶杯喝了一口，慢悠悠地說：「白斌這幾年辦過的事多得很，有大有小，沒有你在這裡一樣能辦好。」

不知道是不是自己的錯覺，白書記覺得從自己一進門，白老爺子就在排擠自己。起初他以為是白傑的事，因為麗莎上次來的時候他們沒回來，有點不在乎孩子。不過現在看來，似乎是另有原因，白傑跟麗莎的婚事大家已經鼓掌通過了，白老爺子明顯是在以白傑的事要脅他……不，或者說是在跟他談條件？

白書記不太清楚自己父親的想法，也不敢多猜。他以往的經驗教訓告訴他，跟白老爺子做對可沒有好果子吃，還是乖乖等白老爺子主動告訴他好了。白書記滿腹心事地回頭吃飯，不經意地瞟了一眼自己旁邊的白斌。

白斌還在剝蝦，已經整整齊齊地擺了一小碟蝦仁，掐頭剔尾，連椒鹽調味料都放好了才送到旁邊去，換成旁邊那個人的空盤子，繼續剝下一盤。

白書記的眼角跳了一下，稍微抬頭看了一眼白斌旁邊的人。他不常回來，但是每次幾乎都能看見丁浩，這次也不例外，依舊坐在白斌身旁的位子，正在吃剝好的蝦。這孩子比上次見到的時候長得更大，五官越發出色，看起來很漂亮。

丁浩似乎是覺得椒鹽放太少了，還要再拿調味料，被白斌敲了一下手。

「不許多加這個，有味精，吃多了也不好。」

丁浩嘟囔了一句，白書記沒聽清，但是他看見白斌笑了。雖然只是一閃而過，但白斌是真的在對丁浩笑，而且他跟丁浩之間的動作……這？

白老爺子跟白傑商量訂婚的話語傳來，白書記覺得自己的頭更痛了。

白老爺子留白書記夫婦多住了幾天，麗莎因為身體的關係，也被留在了這邊，白傑自然也是。而丁浩跟白斌原本想回去住，但白老爺子跟白斌嘀咕了幾句，白斌立刻就留下了。

這兩人一邊嘀咕一邊看著丁浩，丁浩被這一大一小兩隻狐狸來回打量自己的眼神嚇得渾身起雞皮疙瘩，吃飯的時候都提心吊膽的，沒吃太多雞翅。

丁浩擔心了兩天，但什麼事也沒發生。他現在還是跟白斌睡同個房間，也不是想特意表現出什麼，是真的沒有空房了。丁浩也在這邊住過幾次，對環境還算熟悉，洗完澡後躺在床上翻來覆去地睡不著。

白斌被他這樣一鬧，也看不下書了，乾脆闔上書，把小孩抱到自己懷裡來，問他：「又怎麼了？」

丁浩翻身趴在他懷裡，臉對著臉地問他，「白斌，爺爺白天跟你說什麼了？是不是……要跟你爸攤牌啊？」

白斌唔了一聲，「也許吧。」

丁浩皺起眉頭，他這輩子差不多是跟白斌一起長大的，對白書記的為人也比上輩子有了更深的認識，他是一個好父親。他記得白斌小時候還很崇拜白書記，雖然小學之後就轉為崇拜白老爺子了，但是在這之前的美好記憶是不能替代的。

「要不然，我們別說吧？現在也很好啊……」

白斌咬了開始縮頭的小烏龜一口，「不行，不公平。」

丁浩被他咬住嘴巴，還在努力辯解，唔唔地說個不停，「什麼？喔，你是說我爸知道了我們的事，你爸卻不知道，對我不公平？沒關係啊，我不在意……唔唔……！」

白斌按住他，咬了亂動的小舌尖一口才重新解釋：「不是你，是對我不公平。」看丁浩一臉不明所以，乾脆握著他的手，慢慢跟他說，「我需要得到確切的答案，是祝福也好，反對也好，我都要提前做準備……沒時間了。」

丁浩被他說得似懂非懂，正要認真去想，立刻被探進睡衣的大手捏到回過神。

「白斌，你讓我想一會兒，我還沒想通呢……嗳，別伸進去，喂……！」

白斌的動作簡潔，直奔目標，握住了丁浩下面依舊柔軟的一團揉捏著，嘴也溫柔地在丁浩的臉上、脖子上親吻，吸起小塊的皮膚啃咬、舔舐著。

比起白斌這一氣呵成的動作，丁浩輕哼的反抗簡直就像是調情，腦子裡立刻被爽快的感覺占領了，除了感受白斌別的都想不起來。被白斌吸住鎖骨中間微微凹下去的地方時，忍不住發出了聲音，「……嘶，輕一點！」

白斌故意誤解他，嘴上沒放鬆，倒是把手上的動作放輕了。丁浩正被他逗弄出了性致，立刻不滿了，大腿貼在他身上蹭了兩下，等白斌加大了動作也沒分開，貼著他扭動起來。白斌被他緊密貼著，起反應的地方更是被蹭得有些躍躍欲試，想繼續脫掉丁浩的睡褲，卻被攔了下來。

下面的人臉色微紅，眼睛倒是格外地亮。

「今天也要啊？我、我用手幫你行不行？或者，用嘴也行……這是爺爺家……不太、方便……」說到最後幾個字，早就垂下眼睛左右亂看了。

這份性情勾得白斌心跳快了幾分，低頭親了他一下，「乖，別動，我就想親親你。」

丁浩被他吻住了嘴巴，下面也被手掌體貼地照顧著，放心地舒展身體。自己摸的時候，每到高潮總是會忍不住放輕力道，但由白斌來做就不同了。他觀察著丁浩的表情，在他臉上蔓延著紅暈的時候，手上也毫不放鬆。丁浩被刺激到眼角沁出一些水氣，用腿拉過白斌，貼近他磨蹭著。那裡跟他的一樣，已經進入了戰鬥狀態。

白斌一路往下親去，順著小腹，到了握著的那裡。丁浩被他嚇了一跳，幾乎要坐起身。

「白斌……你幹什麼！我、我不要！」雖然白斌的嘴巴比手還舒服，但是每次被他親到那裡就會亂叫出聲，出來得也特別快……丁浩一點也不喜歡自己失控的感覺。

白斌沒理他，把試圖併攏的腿分開一些，握著丁浩的動了兩下，張口把它含在嘴裡。丁浩被灼熱的溫度嚇了一跳，半天才回過神來，這次不但是臉，連眼睛都紅了。

「白斌，你……」

濕熱緊致，被白斌吸吮、索求的感覺從身傳到心，丁浩閉上眼睛，任由自己的進出……

好吧，壓不了白斌，現在就當作自己在「上」他好了。丁浩被自己想像中的畫面刺激得熱血沸騰，深吸一口氣忍下衝動。做了那麼多次，總要有點進步才行。

兩個人胡鬧到半夜，解決了對方的需求才相擁睡去。丁浩這次被榨得一滴不剩，腰都有些痠軟，不能縱欲啊……

迷迷糊糊間，還想著剛才問白斌的事，「你要準備什麼啊？」

白斌聽見他帶著睡意的聲音也笑了，把他往自己懷裡帶。

「沒什麼，關於工作的事。時間有點晚了……浩浩睡吧，不用管這些。」

丁浩唔了一聲，翻身趴在他懷裡睡去。白斌要他不用管，那他就不管，只要聽白斌的話就好了，反正這傢伙每次都是對的。

白斌看到懷裡的人沒一會兒就睡沉了，親了一下他的額頭，也閉上眼睛。

他肩上的責任讓他失去任性的權利，既不能辜負白老爺子的栽培，也不可能放下丁浩，這兩者他必須要選好那個平衡點，站穩並走下去。比起別人的允許，白斌更相信自己能辦到這件事，如果白書記真的反對，他也能及早做些措施，為以後鋪路。

白老爺子也是知道這一點才特意留他跟丁浩下來。白傑的事是個轉機，老頭覺得應該當機立斷，跟白書記說清楚。現在還可以提前做準備，即便白書記他們反對，他也能靈活做出變動，不至於影響到白斌與家人的關係及以後的工作安排。

白老爺子找了個合適的機會，把白書記叫進書房談談。丁浩眼尖，看見這兩人一前一後地走進書房，立刻想溜，但還沒走出大門就被白斌抓了回來。

「去哪裡？」

丁浩低頭看著腳尖，支支吾吾地編理由，「奶奶剛才打電話給我，讓我回去看她……」

白斌很清楚他的心思，拎著丁浩的後衣領，帶他回客廳，「你手機還沒開機，奶奶怎麼打電話給你？再說了，不是說好等這個週六我們一起過去嗎？」

丁浩抓著門框不放手，還要往外跑。

「不是，白斌我真的要回去看看……我不管，你讓我回家！」

丁浩昨天被白斌哄得好好的，只是現在猛然看見白書記本人，又有點發抖了。

白斌看到丁浩像無尾熊一樣掛在客廳門口，只好站在那裡開導他：

「浩浩，沒事的，爺爺在幫我們說呢，別怕。」

丁浩有點不自在，用手指摳著門框不說話。他覺得他們的事對白書記來說有點殘忍，面對白書記，也實在開不了口。也許，還可以再拖一小段時間？至少讓白書記多為白傑跟麗莎高興幾天吧……

兩個人站在那裡，丁浩拗了半天，最後還是嘟嘟囔囔地跟著進來了。白斌說了，這件事得快刀斬亂麻，不信的話，你看丁遠邊！想到自己老爹的確是快刀斬的，不是很痛，丁浩就硬著頭皮坐在沙發上等審判了。

白書記可不是丁遠邊，想起以前白書記為白斌跟他的事煩惱到發白的頭髮，又跟白斌鬧到關係不合……丁浩有點害怕，抬頭看了一眼二樓的書房，由衷期盼白老爺子多講一會兒。

白傑一大早就出去了，他回國後要創立公司，有許多事情要調查。而麗莎身體狀況特殊，就留在家裡。張娟特意去買了新鮮的水果，又去廚房跟吳阿姨一起做了幾個拿手的小菜，準備一會兒慰勞麗莎。看到小女生跟在自己後面幫這個、幫那個的，就洗了水果，讓她拿到外面給大家吃。

麗莎切好了哈密瓜端出來，看見丁浩跟白斌都在客廳，就先分給了丁浩，看著他的坐姿順便問了一句，「丁浩，你在緊張嗎？」

丁浩挺起的腰板放鬆了一點，「不緊張，我這是、在練坐姿……」他剛放鬆了一些，就看見白老爺子跟白書記從二樓下來了，立刻又繃得緊緊的，捏著哈密瓜也咬不下去。

這次是白書記在前面，白老爺子在後面，老頭邊走還邊跟白書記嘮叨：「……人家麗莎當初來的時候你不來看，好吧，現在懷上孫子你就來了！我跟你說，沒有人像這樣撿便宜的！」

白書記明顯憔悴了不少，不比剛才進去時有精神，揉揉眉心，也跟白老爺子爭辯了幾句，「爸，話不是這麼說的，這根本就是兩碼子事……」

白老爺子瞪他一眼，「胡說！都一樣，你自己沒管好孩子們，一個個能健康長大就不容易了，又都有出息，你還有什麼不滿足的！」

白書記還在抗議，「……當初是您說要替我們照顧好的。」

白老爺子一拐杖就敲在他的膝蓋上，「你還怪起你爸來了？啊？」

白書記挨了一下，不敢再出聲，現在都到樓下了，被晚輩們看見也不好。他跟著白老爺子在客廳坐下，不過一直不肯看對面的白斌和丁浩，眉頭皺著，沒鬆開過。

張娟也被客廳裡的動靜引出來了，看到各個臉色都不好，連忙脫下自己的圍裙，幫麗莎綁上，哄她去廚房：「吳阿姨叫妳去幫忙嘗嘗看煮得怎麼樣，妳先去那邊啊。」

麗莎很高興自己能幫上忙，立刻去廚房了。張娟也在白書記身邊坐下，看著白老爺子的臉色，小心地問：「爸，這是怎麼了，出什麼事了？」

白老爺子不說話，張娟又扯了一下白書記的袖子。白書記說得含糊不清，言語裡並沒有表達出白老爺子的原意，或者他本身就不願意承認白老爺子說的那些。

「是麗莎的事，爸說白傑他們還小，養不了可以給白斌養……」

白老爺子聽到白書記說偏了，立刻糾正：「我可沒有說要搶白傑跟麗莎的啊，白斌他們去領養一個也行！」

張娟愣了一下，她不懂這是什麼意思，不過都說到白斌了就看過去。白斌似乎早就跟白老爺子討論過，對白老爺子說的話毫不陌生地接道：「我不會有自己的小孩，所以爺爺才有這樣的打算。」

張娟的臉色有點發白，有點不敢相信地看著大兒子，最後還是小心婉轉地問：「白斌，你……你是不是身體不太好啊？」

這次坐在她對面沙發上的兩個人一起開口：

「不是！」

「是！」

白斌回頭看了丁浩一眼，臉色有些古怪，「我的身體很好，你是知道的吧？」

丁浩的臉一下就紅了！

白斌說了不能有小孩的原因，期間一直都握著丁浩的手。那位像犯了錯一樣，低著頭不吭聲，白斌說完一句就跟著點頭，以證明是共犯。

白書記剛從白老爺子那邊得到消息，聽見白斌說起也不怎麼吃驚。倒是張娟的眼睛越睜越大，看了白斌又看丁浩，最後落在他們握著的手上，「你、你們這是……？」

白斌收緊握住丁浩的手，跟自己媽媽正式介紹了丁浩，「我們是認真的。媽，我希望以後您能把丁浩當成自己的兒子一樣看待，他很好，我很喜歡他。」

張娟有點消化不了這個消息，半天才張著嘴「啊」了一聲，再看向丁浩，心裡升起一種奇怪的感覺，她忍不住偷偷打量了一下丁浩。這孩子跟外面的小野子一樣，很陽光，性格也開朗，長相不顯女氣……目光落在丁浩的脖子上時，張娟的臉有點紅。那上面一看就是被人啃咬、留下的紅痕，昨天丁浩跟白斌睡在同一間房間，這件事跟她大兒子也脫不了關係。

張娟對白斌的事不好開口，想到白斌跟白書記的關係比較好，就伸手拉了一下白書記的衣服，示意他說幾句。

白書記咳了一聲，「白斌，你們年紀還小，有些事情要想好了再做，這條路不是常人能接受的，不好走啊。而且……」白書記抬頭看了一眼丁浩，意味深長地再次開口，「而且你也要考慮別人的感受，並不是每個人都願意跟你走一樣的路，你知道嗎？有時候也要聽聽別人的意見，如果丁浩覺得你不好，不願意呢？」

白斌還很年輕，對這種帶有一定挑撥意味的話很是反感。他不喜歡別人這樣評論他跟丁浩的感情，哪怕是自己的父親也一樣，只覺得他們對事情一無所知，憑什麼一來就指手畫腳的？白斌皺起眉，剛要開口，就察覺到手心被丁浩輕輕摳了一下，有點疑惑地看向丁浩。

丁浩聽到白斌把他們的事說出來後，反而沒有那麼緊張了。他看見白斌的臉色不好，知道這父子倆都是態度強硬的人，現在讓白斌開口只會吵起來，乾脆替白斌說：

「白……叔叔，我能這樣叫您嗎？」看見白書記點了頭，才繼續說下去，「我跟白斌的事已經很久了，一直沒能告訴您，真是對不起。」

白書記皺起眉，聽著對面的孩子繼續說。

「我之前也跟您一樣，覺得男人喜歡男人很……那個。可是，這種事不是常識跟理智能阻止的，就像我跟白斌，如果我們沒遇到，打死也不會相信自己有一天會喜歡上男的。我也喜歡女孩，但是白叔叔，我在這裡跟您保證，我絕對不會喜歡哪個女孩多過喜歡白斌，就算要找個人過一輩子，也得找個最喜歡的吧？我們從小一起長大，每天都在一起，卻從來都不覺得煩。我就是想陪著白斌，他活到八十，我就陪到八十，活到一百，我就陪到一百……」

屋子裡的人都不再盯著白斌了，都看向丁浩，白書記的眼神更是從他開始說話就直勾勾地沒動過。

丁浩反握住白斌的手。他被大家看到有點緊張，結結巴巴地續道：「我們有本事養活自己，真的，白叔叔，這點您不用替我們操心。再說了，男女還有離婚、打光棍的呢……實在不行的話，您就當作白斌離婚，要自己生活可以嗎？」

張娟聽完丁浩的話，又看了一眼白書記，白書記的臉色倒是和緩了一些，看著丁浩問：「你真的想好，要跟白斌淌渾水了？你爸爸媽媽知道後會怎麼想？你家人支持嗎？」

丁浩對此回答得很謹慎。

「我爸跟我奶奶都很疼我，他們不反對……吧？」最後這個疑問語氣，是看到白書記挑起眉毛而升上去的，丁浩有點不曉得是不是白書記不愛聽這些。

果然白書記開口了，但是語氣並不如丁浩的預想，竟然還帶著一點玩笑的意思，「我要是不答應，就是不疼白斌了？」

丁浩起初搖搖頭，後來聽見白老爺子咳嗽，又試探地點了點頭。

白書記被他逗笑了，「難怪連老爺子都幫你說情，浩浩還是跟以前一樣有意思。」又回頭看了一下白老爺子，「爸，您之前跟我說的，我回去再好好考慮一下，過段時間再給您答覆，我們先忙白傑的事吧。」

白老爺子聽見他說白傑的事，就知道這是初步通過了，臉上也有了一絲笑意，摸著鬍子點點頭，「不急，你想好了再告訴我，這兩個孩子再多等幾年看看也行。」

他適當地給了白書記臺階下。白斌跟丁浩的事，他也是抱著多看幾年的態度，只是白斌確定後，應該就不會換人了。

白書記跟張娟勉強算是點頭首肯了，白老爺子也不再多留他們，讓他們收拾收拾，先回去G市，畢竟那邊有正事要忙。張娟沒跟白書記一起回去，她想留在這邊照顧麗莎幾天。平時在家裡碰到丁浩，她也會點頭打招呼，丁浩叫她「阿姨」，張娟也會回應，只是看到白斌跟他同進同出，還是有點彆扭。

忙完了白家的事，丁浩終於抽出時間回一趟自己家。本來想給丁遠邊一個驚喜，但回到家時才發現他家大門緊鎖，丁遠邊跟丁媽媽都不在。丁浩看著新換的防盜門煩惱，他沒新的鑰匙啊。

他掏出電話打給丁媽媽，接起來的卻是丁遠邊，語氣還不是很好，粗聲粗氣地應了聲：『喂？』

丁浩看了看號碼，是丁媽媽的沒錯，他又小心地問：「爸，您跟我媽去哪裡了？家裡怎麼沒人啊？」

丁遠邊剛才沒看號碼，這才聽出來是丁浩，態度好了許多，『你回家了？我們都在你奶奶這邊……』

丁浩喔了一聲，連忙上車為白斌指路，讓他開到丁奶奶家。

「那我們也回奶奶家，正好也要去。」

丁遠邊在電話另一端又拉高嗓門：『不用去你奶奶家了，先來東外環！』

丁浩疑惑，「去那裡幹嘛？」

『來拖車！』丁遠邊在那端哼了一聲，帶著一點恨鐵不成鋼的不痛快，『你媽練習倒車踩猛了油門，倒車掉進溝裡了！』

丁浩被丁遠邊嚇了一跳，臉都發白了，他出過車禍，聽到事故就格外害怕。白斌不等他催促就踩了油門，一路飛奔到東外環。

那邊有個分岔路，是主幹道跟小路的交接點，平時路過的車很少。丁浩他們到了之後，一眼就看見在路邊抽悶菸的丁遠邊，旁邊還站著一個穿運動服的，那不就是丁媽媽嗎！

丁浩開了車門跑過去，先仔細看他媽有沒有受傷，發現丁媽媽好端端的，沒半點傷才去看了事故現場。

現在走近了才發現哪是溝啊，只是修花壇時挖的幾個樹坑！

丁媽媽瞄得真準，一下就倒進最深的那個坑裡，有半個車輪陷在裡面。正巧，人家剛澆了水，一發動車就像在混泥土一樣原地打滑。

白斌從吉普車上拿了繩子過來，綁在丁媽媽的車上，準備拖出來。丁遠邊過去幫他，兩個人偶爾還會交流幾句。

丁浩望著那個樹坑感慨了半天，回頭問丁媽媽：

「您怎麼就倒進那裡面去了？這可是需要技術，一般人還真的開不進去。」

丁媽媽也有點不好意思，絞著手指頭解釋：「我們家不是換了新車嗎？這輛太大了。我以前那輛開了幾年，再開這個特別不順手，學校的停車場進不去，車庫門也被我撞壞了……你爸就把我帶到這邊來，讓我練習一下，喏，他要我把這兩個樹坑當成車庫的牆，往中間倒車。」

丁浩再看了看那個樹坑，頓時覺得他爸太英明了，這要是他們家車庫，牆都被撞爛了！

白斌已經坐上車，正在發動車子往外拖，丁遠邊在旁邊指揮他，兩個人還算齊心合力，手腳俐落地把車子拖出來了。只是原本的銀灰色小車變成了泥斑點點的髒車一輛，丁媽媽心疼得不得了，「才剛洗好車子，我就說不能在路邊練，你爸就不聽！」

丁浩笑了笑，不敢接話，他現在可是一個都不敢得罪。

而丁遠邊聽見了，跟著哼了一句，「那我也不能找個真的有門讓妳練習啊！」丁媽媽也不高興了，「誰叫你把我的小車賣掉的！我開得正好，你說賣就賣，換了這輛又大又笨的，還怪我……」

丁遠邊被丁媽媽嗆了一頓，知道她是心疼車子，也不是故意找碴，就隨便回了兩句，「好了好了，孩子們都在，妳就少說兩句，先回我媽那邊。」推著丁媽媽上了車，還在小聲嘀咕，「妳那輛小紅車我開了幾年，人家見到就笑我，也該換一輛我能開的顏色了吧？」

丁浩看著這兩個人你一言我一語地上了車，無奈地聳了一下肩，「白斌啊，我們以後引以為戒，可千萬不能像他們這樣。」

白斌也拉著他的手坐上吉普車，在丁遠邊後面不緊不慢地跟著，「嗯，適當的時候，我都會讓你的。」

丁浩挑了一下眉毛，「那什麼是不適當的時候啊？」

白斌還在開車，看著前面沒回頭，面不改色地說出一點不滿，「比如昨晚，你一點都不聽話……」

那位當場惱羞成怒了，一爪子按到白斌身上去，「聽你妹的話啊！有人會淩晨四點還按著人，不讓人睡覺的嗎！」

「……我覺得，我們的事不用找白露商量。」

「屁！白斌，你少給我裝糊塗！」

終章　最初及最後的幸福

丁奶奶早就搬到社區裡住了，為了讓老人方便，就買在了一樓。老人沒想到上午出去兩個，中午卻回來了四個，飯菜明顯準備得不夠。她看到白斌跟丁浩都來了，很是歡喜，一邊招呼他們一邊又把圍裙拿起來，「哎喲，都來了啊，我再去加幾道菜！」

丁媽媽趕忙接手，自己綁上圍裙，去廚房做飯，「媽，您休息吧，我來！」

丁奶奶也實在想丁浩了，拉著寶貝孫子的手，想了想就讓丁媽媽去做飯，還連連囑咐她：「多做一點，他們這麼大的小夥子正在長高呢！對了，煮個可樂雞翅給浩浩吃，他愛吃這個！」

丁媽媽疼兒子不比丁奶奶差，笑著應了一聲就去廚房。

丁浩上次放假沒回來，有大半年沒見過丁奶奶了，也摟著老人的脖子親個不停。

「親奶奶啊，我想死您啦！」

丁奶奶被他逗得不行，也摸著他的頭髮抒發一下思念之情。

「奶奶的寶貝浩浩喲！奶奶也想你……」

坐在對面的丁遠邊被祖孫倆的互動弄得喝茶都覺得膩，這也太肉麻了。旁邊的白斌倒是還好，看到丁浩跟丁奶奶狂獻殷勤的模樣居然笑了。

丁遠邊在心裡嘟囔了一句，倒也沒阻止丁浩，讓丁浩跟老人多親近了一會兒。他這是想到萬一丁浩等等跟丁奶奶「坦白交代」了，老人的反應也不至於太激烈。

家裡養的九官鳥豆豆自己占領了整個陽臺，看見有人來，拍著翅膀躲進去就沒出來，直到要吃午飯了才迂迴地連飛帶跳地過來。

丁浩幫牠準備了一小袋瓜子，見到牠過來，就從口袋裡掏出來哄牠，「豆豆，過來！要吃瓜子嗎？」

小傢伙落在丁奶奶肩膀後面的沙發背上，歪著腦袋看丁浩，看起來傻乎乎的，不太害怕也不過去吃。丁浩有點意外，以為是拿太少了，這小東西看不上，又多抓了幾顆出來，攤在手心裡往那邊遞，「過來啊，可香了，你嘗嘗？」

九官鳥吃過瓜子，丁奶奶也曾買給牠，是很香，但是牠對丁浩有點不滿，在沙發背上抬起小腦袋：「你沒剝～皮！」

丁浩被牠氣笑了，一顆瓜子扔過去，砸在九官鳥仰起來的小腦袋上。

「嘿！你要求還滿高的嘛，要全套服務啊？」

九官鳥被他嚇得拍著翅膀，往回跳了幾下，沒有很痛，但是表面上做的樣子很足，開始扯著嗓子叫著：「奶奶——奶奶——來人啊！」

小東西學的還是丁浩的聲音，尤其是呼喚丁奶奶的那兩聲，從神韻和聲音都像得很！就像是剛被丁遠邊揍了一樣，特別淒慘。

丁遠邊被九官鳥喊得眉頭直抽，這隻鳥一拍翅膀，他就覺得滿屋子都是羽毛，連忙教訓了丁浩幾句，「多大的人了，還鬧！快吃你的飯！」

丁奶奶剛安撫好九官鳥豆豆，一回頭就聽見丁遠邊在罵丁浩，也立刻護住：「去去！一回家就欺負孩子，多大的事啊，需要這樣大聲嚷嚷嗎！」

丁遠邊想解釋一下，但是看著丁奶奶身邊的九官鳥正探頭探腦的，也閉上嘴了。這小東西跟丁浩一樣精，知道什麼時候出聲能起到最佳效果，如果他現在開口，這小東西肯定會趁機嗷嗷叫喚。丁遠邊被牠整了好幾次，除了丁奶奶跟丁浩這對祖孫倆，他跟這隻九官鳥也玩不起。

一家人還算太平地吃了飯，期間九官鳥挑食，被丁奶奶和丁浩聯手教訓了，小東西才勉強承認了在丁奶奶心裡，其實丁浩還是比牠受寵的。沉默片刻，開心地跑向丁浩討好他。

牠用小爪子從廚房裡抓了一根新筷子，奮力飛過來，特別狗腿地遞到丁浩面前，還用小爪子在丁浩那邊踢了踢，示意這是給他的。丁浩看著全新的竹筷就笑了，獎勵性地給了九官鳥一點蒸青豆吃，「不錯！真上道啊，豆豆！」

九官鳥大方地啄著那粒青豆，飛到一旁去吃了，吃完還歪著頭看丁浩。似乎沒有很餓，也不過去要東西吃了，停在自己的籠子上梳理了兩下羽毛，乖巧地等人吃完飯再來跟牠玩。

飯後，丁媽媽跟丁奶奶去洗碗，丁遠邊在看新聞。丁奶奶看到白斌坐在那裡不吭聲，生怕他悶著，讓他去餵九官鳥，順便帶牠出去飛一會兒。

「要小心啊，前陣子社區裡有幾個孩子愛用空氣槍打鳥，豆豆有次被嚇得不輕，要不是牠會說話叫人，就被人打傷了！」

丁浩這才明白，他還在想九官鳥剛才學他說話連喊帶叫的，那麼熟練，敢情這是被生活所迫，活生生磨練出來的。丁浩摸了摸停在白斌肩膀上的九官鳥，「都不容易啊……」

白斌看到丁奶奶她們去了廚房，在門口低頭親了一下丁浩的臉，「我出去了。」

丁浩磨牙說了句什麼倒是沒聽清楚，不過白斌顯然很愛聽，臉上的笑容沒停過。

丁遠邊不經意地往那邊瞥了一眼，按遙控器的手頓時抖了一下，電視一連轉了四五台。他被刺激到後腦勺的血管突突直跳，平緩了一下心情，再偷看過去，白斌正關上門要出去，丁浩則轉身去了廚房。

丁遠邊看著丁浩的表情，心裡忐忑不安，總覺得這個兔崽子要坦白了。想了想，也實在沒心情繼續在客廳看電視，乾脆偷偷摸摸地湊過去聽。

這次沒猜錯，丁浩還真的是想跟丁奶奶她們攤牌。先幫忙洗碗、加入她們的談話，從洗潔精的品質沒以前好了，到蔬菜上的農藥殘留要怎麼泡才能洗乾淨，丁浩耐著性子等合適的機會。

好不容易婆媳兩人中場休息停了嘴，丁浩才試著插話，「奶奶，我跟您說件事吧？」

丁奶奶接過他洗好的碗，拿毛巾擦乾，聽見後嗯了一聲，「什麼事啊？」

丁浩琢磨了一下用詞，「那什麼……您覺得李盛東這個人怎麼樣？」

這次丁奶奶跟丁媽媽都停下來了，兩人互看一眼，由丁奶奶小心地回應丁浩的話，「還行吧，唔，是個孝順的孩子……」

丁浩被她們這麼一看，心裡有種奇怪的感覺，硬著頭皮又問：「那，他跟白斌比呢？」

丁奶奶愣了一下，「當然是白斌好啊，書讀得比東子多，又有禮貌、懂規矩，長得也一表人才……」丁奶奶看著丁浩的眼睛越來越亮，不知道該怎麼說了。「浩浩啊，你怎麼突然問起這個？你跟東子吵架了？」

「不是，奶奶，我一開始就不喜歡他，幹嘛費神跟他吵架！」

丁浩知道李盛東他媽來看過丁奶奶，還賠了不是，但是這麼一來，也把丁浩跟李盛東綁在一起了。如今，丁浩就想委婉地把這個結解開，既然丁奶奶都能接受李盛東了，那肯定能接受白斌啊！而且她們婆媳關係好，丁奶奶知道後，估計丁媽媽也會知道。

果然，旁邊的丁媽媽接道：「浩浩啊，那個，我們覺得……其實知根知底的都好，就是我們不能胡鬧，知道嗎？選好了就選一個……也不是不能換，這個，媽媽聽說換多了，對身體不好……」

丁浩這次聽懂了，臉一下就紅了。

丁媽媽想得更長遠了，這是生怕他在這根獨木橋上也走歪，又不敢直說。丁浩心裡有點感動，略微改變了一下，全跟丁奶奶她們說了。

大意沒變，還是李盛東「追」他，他拒絕了，然後明白到男人能喜歡男人之後，磕磕撞撞地跟白斌在一起了。其實總結起來就是一句話，他還是喜歡男人，但是喜歡的人是白斌。

丁奶奶跟丁媽媽聽完他的一席話，半天沒反應過來，好一會兒才試著問：

「那白斌呢？他是認真的嗎？浩浩，人家家裡會反對吧？」

丁奶奶還抓著丁浩的手心疼地摸了摸。

「我們是沒什麼……就是萬一他們家難為你了……浩浩，要不然我們還是跟東子吧？也算知根知底的，家也住得近啊？」

丁浩笑了，「奶奶，沒事，白斌家也知道。他爸媽前兩天回來的時候，還特意跟我說，讓我們先相處，以後再看看，他們不會干涉的。」

丁媽媽也還是不放心，她早就從丁奶奶那裡聽說過了，丁遠邊雖然瞞著，但也多少能從語氣用詞裡透露出一點消息。平時她打電話給丁浩時，就覺得他跟白斌關係好，但真的知道丁浩跟白斌在一起後又擔心起來。

主要是覺得白斌太優秀了，怕自家寶貝兒子被人家欺負，又追問了丁浩，期間丁奶奶也見縫插針地問了幾個自己關心的問題。

直到丁浩翻來覆去地跟她們解釋了好幾遍，丁奶奶這才放開他的手。

「唉，我的寶貝浩浩受苦了……」

丁媽媽的臉色也不太好，有點想哭。

「浩浩你別怕，你爸去醫院開的病歷我都看見了。醫生說你這是天生的，媽不怪你，可是你自己也別怪自己……如果白斌欺負你了就回家來，我們再找別人，實在不行，媽養你一輩子！」

丁浩被丁媽媽說得也有點眼眶泛紅，但還是勉強笑著逗她：

「媽，您在說什麼啊！我只是不喜歡女的，被您這麼一說，難道我都不能出去上班賺錢啦？唉，跟您說實話吧，其實我很有錢，真的！」

丁媽媽被他逗到破涕而笑，用沾著洗碗精的手套敲了他額頭一下，「傻孩子！你能有什麼錢，你被人家賣了還會幫人家數錢呢！」

丁浩也不說話，就笑呵呵地繼續幫她們洗碗，還說了幾個在學校的笑話給她們聽，哄得兩人笑個不停，又恢復到之前那種熱鬧的情形。

丁遠邊在門外貼著牆壁聽了半天，腰都快麻掉了，不過見到小兔崽子順利過關，心裡也有點發酸。他還以為她們都不知道呢，結果人家都知道，就瞞著不告訴他！

他證實了自己心裡隱藏多年的想法：丁浩跟丁奶奶關係最親，其次是丁媽媽，再來是白斌跟那隻九官鳥，最後才輪到他……幸好只養了一隻寵物，不然他還得往後挪一位！

丁浩過完這個假期再回到A市，心情就跟以前不一樣了。真的是人逢喜事精神爽，逢人就露三分笑，就連徐老先生叫他去實驗室幫忙也笑呵呵的。徐老先生跟他那幾個徒弟猜丁浩是談戀愛了，老先生得意滿滿，幾個徒弟也連忙順著他，打哈哈說那當然，都恨不得寫在臉上了！

那幾個研究生平時就把丁浩當成自己的學弟，丁浩除了不用跟他們一樣期末單考英語，也會時不時弄一篇論文，都跟他們讀的課程差不多了。他們一個星期才兩天課，丁浩恨不得兩天都全天陪同了！

倒也不是丁浩愛學習，主要是徐老先生喜歡叫他來幫忙，一來是他做事俐落，二來是熱鬧。後面這一項深得徐老先生幾個徒弟的認同，他們也喜歡丁浩來實驗室。丁浩這個人特別好玩，跟他在一起，從來都不會悶。如今丁浩笑得一臉桃花，幾個學長就過來逗他：

「丁浩啊，交女朋友啦？漂亮嗎？」

丁浩還謙虛了幾句，「還行吧，還行！」

那幾個人不依不饒地要去看看丁浩找了什麼小女生，丁浩不敢答應，遮遮掩掩地擋了過去。那幾位也不常開玩笑，是跟丁浩熟了才鬧他，看到丁浩臉紅了也不再堅持。

其中有一位結婚了的研究所學長還拍著他肩膀，傳授了幾句要訣給他，無非是哄著、順著、疼著之類的，最後這位學長一臉嚴肅地跟丁浩說：「丁浩，偉人說了『不以結婚為目的的戀愛都是耍流氓』，你要記住啊！」

丁浩差點被自己的口水嗆到，看著學長還要一本正經地囑咐自己，急忙連連點頭答應：

「知道知道！我從來不做流氓行為！」

白斌已經處理完學校的事務，正式踏入社會工作了，西裝、領帶一穿上，很有男人味。

丁浩上午沒課，磨磨蹭蹭地起來刷牙，一瞥就從鏡子裡看見後面的白斌正在綁領帶。銀灰色的西裝搭配同款暗色條紋的領帶，手腕靈活地變動，將領結慢慢推到領口。除了優雅之外，還有那麼一點……讓人想要剝開的念頭。

那雙手在領結上停頓兩秒，又落在丁浩頭上，「怎麼不刷牙了？」

丁浩差點把嘴裡的牙刷咬斷，咳了一聲才低頭繼續。只是這次的動作迅速了許多，臉上也有點泛紅，含糊不清地嘟囔：「誰……誰不刷了……我先照照鏡子不行啊！」

白斌從背後靠過去，將他整個人包裹住，「喜歡我穿這種衣服？」

丁浩的臉更紅了，沖掉嘴裡的泡沫，試著岔開話題，「少得意啊，我是在看衣服，要是我穿，也不一定比你難看！」

白斌摟著他的腰，在後面貼近，吻上他的耳朵，咬住後吸了兩口，「那再去訂做一套一樣的，我們一起穿。」

丁浩的耳垂很敏感，被他含住又貼著說話，熱氣噴過來，身子都有點發抖。他聽見白斌這麼說也想回應，但是從剛才看見白斌的這一身開始，他就有點興奮，如今被他抱著，感覺到西裝布料擦過後背的觸感，腦袋裡頓時成了漿糊。

「不用了吧……等我上班以後，再說……」

更要命的是白斌的手也開始不老實地四處遊走。丁浩剛起床，只穿著小背心，白斌很輕易地隔著薄薄的衣料把玩起小突起，揉捏到發硬了才換另一邊。

丁浩早上起來本來就有一點那個意思，被白斌這樣一撩，頓時更有感覺了。

白斌還趴在後面親他脖子，小口地啃咬著後頸、肩膀，手也慢慢往小腹方向移動。丁浩按住他的手，有點困難地回頭看著他問：「你不去上班？來、來得及嗎？」

白斌被他抓住手腕抬起手，也看了一眼手錶上的時間，除去車程，大概只有半小時……真的不夠。嘆了口氣，他反手握住丁浩的手，將他的手指一根根舔濕，「今天委屈一下吧，自己來好不好？」

手指上傳來的濕滑感讓丁浩滿臉通紅，這比白斌親自幫他更讓人想入非非。直到手指全部弄濕了，白斌這才放過他，指導著他塞進內褲裡，隔著外面握著他的手動了幾下，「嗯，就是這樣。」

丁浩的耳朵都紅了，想要把手拿出來，又被白斌強行按了回去。

一身西裝整齊的人親了親他的臉頰，「我去上班了，你乖，自己弄，我中午來接你去吃飯。」

丁浩的身體僵在那裡沒動，直到大門關上的聲音響起才清醒一點。但是更可悲的是，他發現自己真的有感覺了，下面在手裡——或者說在被舔得濕漉漉的手裡開始甦醒。

丁浩罵了一聲，一手握著自己下面的東西，一邊想著白斌剛才的動作，來回撫慰自己。他手上帶著白斌唾液的潤滑，沒一會兒就發出水澤聲，有種當著白斌的面自摸的感覺，也太讓人難為情了……話雖這麼說，但也停不下來。

他好像有點明白當年白斌的心情了，這種喜歡一個人，非他不可的迫切心情。

大學四年，眨眼即過。

丁浩在徐老先生和白斌的呵護下，終於畢業了，最後的答辯還算順利。丁浩的主修課程不差，但就是那個英語四級……活生生被磨掉了一層皮。

期間，白斌的鐵血手腕又發揮了作用，三道線、三道線畫得毫不客氣，丁浩一邊割地賠款，一邊含淚奮起。他自從徐老先生保駕護航後，已經很久沒有正經八百地學過英語了，之前的那些也早就還給老師了。白斌讓他往事重溫了一遍，這不能再提……太催淚了。

徐老先生聽到丁浩要畢業的消息，很是不捨，拉著他的手勸他考研究所。

「丁浩啊，現在就業那麼難，不如再多讀幾年書吧？現在政策多好，不但免學費，每個月還有補貼……噯，對了，你不用去找別的導師，直接來我這裡就好，我們大家都熱烈歡迎你！」

丁浩被英語嚇到了，死活都不肯再讀書。

「老師，您也知道我的英語實在不行……您還是放我出去報效國家吧！」

徐老先生戀戀不捨地放開手，「唉，可惜了。」

丁浩很感動，他以為徐老先生的意思是說他是塊讀書的料，沒繼續深造很可惜，但老先生的下一句就打破了他的幻想。

「可惜啊，那幾個熊孩子做事都沒你俐落，連小推車都借不到……」

丁浩的嘴角抽了抽，這個老頭太直白，也不知道要在背地裡說，當面說出來多傷感情。不過，再看著徐老先生背對他擦眼睛的動作又覺得他很可愛。其實是捨不得他，還非得扯上小推車……丁浩笑了一下，他決定回去就幫老頭買一台一模一樣的小推車送過去，就當作謝謝他這幾年的照顧。

幾個研究所的學長也來了，拍著他的肩膀好好鼓勵了一下，聽說丁浩要下海經商，也摩拳擦掌地給出幾個點子。

「噯，需要我們幫忙的時候就說，丁浩，你可千萬別客氣啊！」

丁浩答應了，又跟徐老先生和幾個學長拍了合照。幫他們照相的不是專業的攝影師，但是比專業人士的身價貴多了，穿著一身休閒裝，拿著相機都能穿出西裝夾著公文袋的感覺，這除了白斌，無人能及。

白斌拿著相機好好地幫他們照了幾張，答應洗好後都會送過去。

旁邊也認識丁浩的同學豁了出去，拉下老臉，也拉著丁浩要照相。大學同學來自五湖四海，也不知道哪年能再見面，矜持的人也顧不得矜持了，不少女孩都挽著丁浩的手臂照了幾張，還有一張是左擁右抱的。丁浩笑得臉上有點發僵，看到白斌沒太大的反應才稍微放鬆了一些。

白斌提議單獨照幾張穿學士服的照片送去給丁奶奶，丁浩自然答應了，頂著學士帽，晃晃悠悠地跟白斌去了幾個校園風景好的地方拍照。最後一張沒拍好，學士帽有點大，丁浩一比手勢就晃蕩下來，整個扣到臉上了，拍出來就只看見他用手比了個「二」。

丁浩把帽子拿下來，拿在手裡搧風：「白斌，拍完了沒？這個袍子太熱了。」

白斌還在樹蔭下查看，聽見他這麼說，應了一聲，「快好了，再來幾張，很有紀念意義啊。」

丁浩看到他在那邊刪刪減減的，也湊了過去。

「差不多好了，照完後我們趕緊還了衣服回家吧？」

白斌正好看到丁浩有一張單人照笑出了一口小白牙，眼睛都瞇起來，看起來格外討人喜歡。白斌忍不住也跟著笑了，「好，回家，我看到相片才覺得浩浩真的長大了。」

丁浩比他矮一截，聽到他這麼說，立刻想歪了。

「白斌你是什麼意思？我現在是矮了一點，但還有發展空間不是嗎？」

白斌揉了揉他的腦袋，「不是這個意思，我是說你現在是個大人了。」

丁浩瞇起眼睛來看他，笑得不懷好意，「白斌，你是不是……」湊近白斌的耳邊嘀咕了一句，屁股上立刻挨了一巴掌，不輕不重，但也有點懲罰的意味。

丁浩不高興了，「被我說中了？其實你就喜歡幼……唔！」

這次直接被人按著親了一口，白斌的眼睛也瞇起來，「看來昨晚上還沒教訓夠，還敢亂說話，嗯？」

丁浩被他教訓慣了，平時是不怕，但現在是在學校，他也有點放不開，看看左右都沒人才抬頭啃了白斌的嘴巴一下，還得意地笑起來，「你才不捨得，對吧？」

白斌彈了他額頭一下，「是是是，我上輩子欠你的……」

話還沒說完就被丁浩打斷了，「不是，是我上輩子欠你的！」

丁浩如今還多少有些少年的青澀，但說這句話的時候特別認真，看著他，眼睛一眨也不眨，白斌都能從他清澈的瞳仁裡看見自己。白斌心裡有一點奇怪的感覺，好像他能聽懂丁浩說的話，但是也說不清楚是怎麼回事。

心臟猛地跳動了一下，一瞬間的刺痛之後是暖暖的感覺，像是陽光照過，但又比那個還能填滿心臟。

「白斌，你要對我好一點，我這輩子沒還夠你，下輩子、下下輩子一定還會找到你，補償你的。」

白斌聽到他這麼說，心裡最後的那一絲刺痛也消失不見了，心臟用力的跳動聲彷彿就在耳邊，像是……重新活過來一次。

「我，那個，其實……我愛你。差不多就這麼一回事，反正你也知道，哈哈哈！」

那個人搔著腦袋笑了兩聲，尷尬還沒散去，就紅著耳尖又踢了他一腳。

「喂，白斌你給點反應好不好？」

他能給的反應也只有抱住他，使勁地摟在懷裡，這樣的溫暖實在令他無法放開。在丁浩耳邊重複了剛才那三個字之後，滿意地看到懷裡的人從臉頰紅到脖子，忍不住一說再說。

已經是「喜歡」不能表達的感情了，直到小孩忍不住用手堵住他的嘴。

「好了！說、說一遍就行啦……」

「浩浩，公文發下來了，下個月……我們一起去D市好不好？」

懷裡的人也伸出了手，抱著的力道不比他小，「好。」

如果可以，再更幸福一些吧。

高寶書版集團
gobooks.com.tw

竹馬成雙4

作　　者　愛看天
插　　畫　EnLin
責任編輯　陳凱筠
設　　計　彭裕芳
內頁排版　賴姵均
企　　劃　何嘉雯

發 行 人　朱凱蕾
出　　版　朧月書版股份有限公司
地　　址　台北市內湖區洲子街88號3樓
網　　址　gobooks.com.tw
電　　話　(02) 27992788
電　　郵　readers@gobooks.com.tw（讀者服務部）
傳　　真　出版部(02) 27990909　行銷部 (02) 27993088
郵政劃撥　19394552
戶　　名　朧月書版股份有限公司
發　　行　朧月書版股份有限公司
初　　版　2021年 8 月

本著作物《重生之丁浩》，作者：愛看天，由北京晉江原創網絡科技有限公司授權出版。

國家圖書館出版品預行編目(CIP)資料

竹馬成雙 / 愛看天著. -- 初版. -- 臺北市：朧月書版股份有限公司, 2021.08
冊；　公分

ISBN 978-986-06567-6-3(第3冊：平裝). --
ISBN 978-986-06567-7-0(第3冊：平裝限定版). --
ISBN 978-986-06567-8-7(第4冊：平裝). --
ISBN 978-986-06567-9-4(第4冊：平裝特裝版)

857.7　　110010563